在場人

月巴氏 著

代序

商場中人

林若寧

1. 荃豐

還未成年的我懷著戰戰兢兢的心情，背著純黑的 Junior Gaultier 背包，乘著 59M 九巴由屯門碼頭出發到荃灣南豐中心，展開一場意義重大的秘密任務，經過長長的荃灣地鐵站，穿過短短的綠楊新邨，終於到達目的地——荃豐中心商場。

在彎彎曲曲迷宮般的商場地下閃閃縮縮差不多一小時，時而轉進電玩店，時而走到漫畫店，轉彎抹角還是鼓不起勇氣完成任務，心惴距離父母下班時間不足一小時，自己一定要比他們早回家，但回家的車程最少半小時，於是狗急跳牆直奔入一間死角商店，向售貨員說了一句：「宮澤理惠寫真呀，唔該！」對方竟然漫條斯理地收錢交貨，最終色心戰勝了恐懼，我滿心歡喜連忙把宮澤理惠塞進背包完成偉大任務。

2. 兆康

𡃇個中學時期我都在兆康苑邱記度過，由欺凌同學到被同學欺凌，由暗戀到未曾相戀已失戀，七年青春永誌難忘。

除了學校和鄰近的足球場外，留下最多腳毛的地方當然是兆康商場；商場楚河漢界清晰分明一邊乾貨食肆一邊濕貨街市，當中最奇怪的是在街市豬肉檔隔籬竟然有間小小唱片店，它是我的音樂啟蒙地，那不足二百呎的天地足夠讓我每日流連忘返半粒鐘。

當時很流行唱片未推出唱片店便把黑膠封套掛在門外作宣傳，最記得那年 Beyond《秘密警察》的封套一掛出來我便日日跑去詢問店員推出日期，他不知黑我臉嫌我煩多少次。終於到了發售當日，我午餐還未吃便跑去唱片店，豈料店員告訴我三點才有貨。頂！三點我還在上體育課怎按捺得住呢？於是，我趁著體育課跑來跑去的機會跑出校門準時三點到達唱片店，成功成為全邱記第一個擁有 Beyond《秘密警察》唱片的學生，足以自豪叻過考第一。

3. 啟豐

小學二年級那年，我們一家從荃灣搬到屯門蝴蝶灣，那時那地還是一片荒蕪，我是親眼目擊啟豐花園如何從露天巴士總站一瓦一磚興建出來。

啟豐商場是啟豐花園的附屬商場，平平無奇都是士多醫生食肆地產補習社之類大雜燴。當中有間名叫「角落」的餐廳，它稱得上是當年的隱世小店。它的全餐由前菜餐湯主菜到甜品都一絲不苟。只恨當時還未有 OpenRice，小店只好隱世到倒閉。

4. 新世紀

家住蝴蝶灣的我，每次搭 59X 出旺角興奮心情猶如搭日航去東京。59X 旺角總站正位於新世紀廣場正門外。

在廣播道工作初時，每日放工的軌跡就是九龍塘火車站到新世紀再乘 59X 回家。每晚我總是強迫症發作，非到「新星堂」心不死，那裡有很多由日本直接入口的唱片，足以催眠自己身處涉谷 Tower Records。「新星堂」就是我初出茅廬投身社會的地標。

順帶一提，可能熱愛 EVA 的關係，我很喜歡新世紀廣場的名字，總覺得自己會在扶手電梯上碰見我朝思暮想的綾波麗。

5. 葵廣

有了太太，有了女兒，生活習慣少不免要改變。

成家前絕少去葵廣，自從女兒到過台北愛上當地夜市小食，回港後只好帶她們到葵廣「掃街」（香港的街頭小食都要塞進商場內）望梅止渴。

葵廣有陣令人回味的臭味，每次一家「掃街」時，以防衣衫沾上難以磨滅的氣味，太太總要我們穿著到沙士時董太入牛下一樣，重裝備輕小食。站在夾公仔機旁，你一啖鯛魚湯粉絲我一口梳乎厘班戟再來三杯廢水，風味比帶女兒去吃 omakase 幸福得多。

黃金廣場內分手，在時代門外再聚。

活於香港，我們的成長經歷難免與大大小小商場廣場中心地帶乜乜城掛勾，人來人往悲歡離合情定黃金時代信和海運又一城，情場如商場。

###

與月巴相識數年四五餐飯，方發現大家同樣被《凶榜》嚇到瀨尿，共同迷過短命的 Raidas，響起 Rialto 的 *Monday Morning 5.19* 會一起唱⋯⋯畢竟在差不多的流行文化背景長大，對於這種臭味相投相逢恨晚一點也不意外；但讀畢他今次的作品《在場人》後卻令我吃驚，那些啟豐兆康華都的冷門屋邨商場，若並非親歷其境是不能描繪得如斯細緻。每次和月巴見面談的不外是電影小說流行曲，鮮有涉獵大家的成長故事，今回猛然發現我們少年時代可能坐過同一架 59X，在啟豐角落餐廳享用過同一款午餐，在荃豐偷偷地買過同一本寫真，在華都戲院看過同一場周星馳…… 這種情節足以發展成一齣蕩氣迴腸的 BL 版《致青春》。

大家在相同地方留下相似足跡，我記錄的只是以上寥寥幾筆的荳芽夢遺，面對月巴接近六萬字的動人年代記，除了汗顏就只能更汗顏。

慶幸能與月巴浪漫逛商場，讓我實實在在地證實曾經我都在場。

目錄

曾經，

這裡沒有死場。

2024 年 11 月 7 日（立冬）｜荃豐中心商場

【他】

深呼吸。

每個商場都有自己的氣味。

荃豐有荃豐的氣味。荃豐的氣味，好運不會有。

悶沒有氣味。悶不是氣味。

我是個悶人。

別人都說我是個悶人。

從不熱衷於別人解悶的方法。

例如從來不會約同事食晚飯。由朝早九點開始，一齊困在同一個空間至少到傍晚六點還不夠悶嗎？為甚麼會認為收工後再與同一班人食晚飯就能夠解悶？

只是把悶延續下去。

寧願行商場。自己一個人。

像這一晚，周五晚上，本來應該要返去紅磡廣場的二手書舖看舖，卻心血來潮，來到荃豐中心商場——由返工的地方，搭地鐵，去荃灣，途經十二個站，列車到站，離開車廂，經月台的電梯上大堂，出閘，進入綠楊坊，去廁所（對比附近其他商場，綠楊坊的廁所最乾淨）。

然後行去荃豐。

高中那兩年，每個月總會找一個周六下晝，去荃豐。

主要行地下那層。有賣漫畫、有賣遊戲，以及有一間專門售賣日本水著女優、AV 女優的寫真集和雜誌，開在一個角落的舖位，面積比起同層其他舖頭明顯大很多。

1992 年冬天某個周六，身處那個位於角落的舖位，午後的陽光，從窗外射入來，在那個（過分）溫暖的空間，我揀了一本淺倉舞做封面（而價錢也在預算之內）的雜誌，雜誌名字 *Video Boy*，拎到入口處一張枱，從銀包放紙幣的位置抽出兩張二十元和一張十元紙幣，遞給一個叼住煙的中年男人（由他門牙顏色可以判斷他已食了煙一段極長時間），他用拇指和食指夾住紙幣（他的手指被煙燻得很黃），放入枱下櫃桶，再把 *Video Boy* 放落一個沒有任何特徵的黑色膠袋。

接過膠袋，放進背囊。

銀包裡還有兩張二十元紙幣，足夠買一本漫畫，我在漫畫舖買了本《亂馬 1/2》。

當我在這個周五晚上來到荃豐，竟然想起三十多年前那個冬天的周六下午。

沒再買寫真沒有買水著女優、AV 女優雜誌——那間開在角落的舖頭早已不在，淺倉舞亦下落不明——1999 年曾經復出，拍了八齣 AV 後，她再一次引退，從此以後，再沒現身。

如她健在，都已經五十二歲。

###

準備搭電梯落地下時想起：這麼多年來都沒有認真行過一樓這層。

收起差點便踩在電梯上的右腳，轉身，行去一個從來沒有踏足過的角落。

「原來不是掘頭巷。」

或許這發現太驚人，我竟然自言自語地講了出來，聲浪是如果剛巧有人在身邊經過對方肯定聽到的程度。

經由角落的路行入去，是一條巷，裡頭開滿 boutique。

換轉是其他日子，這裡會不會比較多人？我不知道，而只知道這一刻，人很少。

撇除 boutique 的老闆和零星客人，這條巷除了我，就只有她。

她企在某間 boutique 外。

她不是在看櫥窗——她企的位置，的確是櫥窗外，而且面向櫥窗，但她是純粹企在 boutique 外，感覺上，雙眼沒有焦點。

周五晚上，對於打工的人，最沒壓力的一晚，一般來說都會約人吧；就算不約人，選擇自己一個人度過，有理由相信，也絕對不會來荃豐。

荃豐不是一個能解悶的地方。

只會更悶，更懨悶。

我不怕悶。我本身已是個悶人，悶的人怎會怕悶？甚至會令自己更悶，主動去享受悶。

估不到這一晚會遇上「行家」。

我用一個拙劣方式假裝在看另一間 boutique 櫥窗，但其實是在觀察她。

她靜止，她不動。

她看著我。

或許她察覺到我正看著她。

Boutique 老闆或許也覺得這個企在自己舖外櫥窗的人奇怪，走了出來：「返了些外套，韓國出的！」老闆這句話果然有效，至少終於令她不再靜止不動，她一句話也沒說，就行開了。

老闆沒說甚麼，甚至連一個不滿表情都沒有，就返回 boutique 內。

她企在一間沒開門營業的 boutique 外。

繼續靜止不動，繼續看著我。

原因不明，我從沒想過她可能有精神問題，而只認為：她跟我，是同一類人。悶人。

我在她身邊行過。

每一天我們都會在別人身邊行過。

有點餓，找個地方食晚飯。

臨離開時我再深呼吸。每個商場，都有自己的氣味。

【她】

他認不到我。

從他看著我時的眼神我可以確定：他認不到我。

「認不到」代表「記不起」。

要認得一個人或一樣事物，必先在大腦（某位置）預先存放了該人或該事物，再跟現實中的人和事物來個對照，可以重疊，證明是相同的，才能作出判斷：我認得這個人／我認得這樣事物。

他的眼神卻明顯表達了一點：他認不到我。

他根本認不到我。

換言之，他的大腦裡，不存在著我。

但如果他已不記得我，為甚麼又會在這一晚，2024 年 11 月 7 日這一晚，在這裡出現？

明明是他當年說的：「如果未死，約你 2024 年 11 月 7 日在這裡見面，和你慶祝生日。」

今天是我四十五歲生日。

五點五十分，我脫去化驗所給我的白色工作服，去廁所把雙手洗乾淨——其實每隔十五分鐘就會用酒精搓手液，但始終工作是替人抽血，會不斷觸摸到不同的人，用水去洗雙手，感覺上更乾淨，也帶有一個近似儀式的意味：代表當天工作正式完結。

然後落樓食煙。

每天食兩支煙。一支在返工前，吃早餐後——周一至五，都在化驗所附近一間茶餐廳，揀門外座位，每次都是早餐 A，食完火腿通粉太陽蛋，點煙，邊飲茶走邊食煙。

周六日放假，不食煙。

我不認為自己有煙癮，但只要那一天要返工，就想食煙，但只食兩支。一支代表準備開工，另一支代表完成當日工作。

###

沒有同事知道我今天生日。

從來沒有讓同事知我生日。

從不慶祝生日——不應該用「從不」，在過去，也曾有慶祝生日，甚至渴望生日的來臨。

對一些重要的人，一年三百六十五日自然都重要；而我，作為一個毫不重要的人，我出生那一天，其實就只對我重要，但曾幾何時並不明白這道理，所以會刻意讓同學知道自己生日日子，渴望透過別人為我預備生日蛋糕，又或唱一首生日歌，令自己變得重要——在別人心裡變得重要。

原來辛苦了別人——既要為我買蛋糕（買之前又要先了解我口味），又要為我預備禮物；然後到了別人生日，我自然有需要為對方預備蛋糕禮物，禮尚往來，漸漸構成了一個循環。

太麻煩。大學畢業後便再沒有其他人知我生日的正確日子。

除了他。

就在我來到世上四十五年後的同一日，他認不到我。

失望嗎？總有一點點。

走到荃豐戶外的平台一個比較乾淨的位置，戴上earphone，點了今日第三支煙。

當做生日禮物。

Earphone 傳來松原美紀在 1979 年發行的單曲，〈真夜中のドア～ Stay With Me〉。

2022 年 7 月 10 日 | 聯邦廣場

【她】

如果不是要整牙模，不會再來這裡。

好熱，好想除口罩，但在日光日白大街大巷，除口罩，會被途人指不道德。

早幾日，在一個公園，實在好想用力吸一口氣，見四圍沒有人（就算有都應該因為距離太遠而不會留意到我），便除低口罩，就在準備吸氣時聽見不遠處有人喝罵，罵我在散播病毒。那是一個大約七十歲的男人。

但我明明出門口前才做過檢測，檢測棒足以證明我沒有病。

好想跟那個男人說基於工作需要我日日都有做檢測，證明自己沒有感染病毒才（容許）返化驗所。

口罩早就濕了，我一臉汗，沾上汗濕的口罩令我很辛苦。

結果走進了這裡。

一個接近二十年沒有來過的商場。

阿爸曾經在這裡租了一個舖位，開漫畫舖，賣日本和香港漫畫——其實阿爸根本不看漫畫（至少我從未見過他拎起任何一本漫畫來看），完全不明白他開漫畫舖的原因，但後來他結束營業的原因我倒明白——生意太差。生意差，固然跟會買漫畫看的人減少有關，也跟商場人流愈來愈少有關，人流減少，愈來愈多舖頭不再經營，而當一個商場的舖頭愈來愈少，自然更少人來。

舖頭倒閉後，阿爸出去找工作，問題是他大半世人都在賣（他自己根本從來不看的）漫畫，沒有任何工作經驗，沒有人肯聘請他；後來，有親戚介紹他去大角咀一個商場做看更。「這裡平日鬼影都沒有，好佗佻。」

因為一個沒有人的商場，阿爸失去工作；卻又因為一個沒有人會去的商場，阿爸得到一份很休閒的工作。

###

這裡的陳設裝修除了變舊，完全沒變。

上到一樓，有個看更，是個頭髮濃密的阿伯，他看了我一眼，表情很驚訝，大概沒想過有人會來這裡。

阿爸的漫畫舖開在二樓。對那間舖我不存在任何情感，也沒有依戀，卻又好想看一眼。

沒有人租。

二樓大部分舖位都有租戶，只是統統沒有開門營業。

當其他舖位都被人租來做倉放貨物，這個曾經被一個從不看漫畫的人租來賣漫畫的二百呎舖位，沒有人租。

舖裡面自然甚麼都沒有。

甚至看不出這裡曾經多年被用來開過漫畫舖的線索。

阿爸在這裡（一個二百呎平面面積舖位）所擁有的過去，完全失去了。

不是任何過去都值得被記錄下來。

一間曾經開在聯邦廣場二樓的漫畫舖，無論在與不在，對人類——就算只是對住在長沙灣荔枝角的人來說，都是一件微小到無法記住的事。

除了他。

他曾經在荔枝角返工，他說，那是他第一份工，在一間小型出版社做初級編輯，出版社開在離聯邦不遠的一幢工業大廈，工業大廈斜對面是大牌檔，有一檔，伙記不論肥瘦不論季節都不穿上衫，他們賣的炸魚片頭特別好味，每次去舖頭找阿爸前，我都會去食一碗炸魚片頭河。

他有沒有幫襯這一檔我不知道，只知道他經常在放工時間，去阿爸的漫畫舖，買漫畫看，不揀擇，近乎甚麼題材都買來看。買慣買熟，成為熟客，阿爸更會留一些搶手的特別版漫畫給他。

有日，勞工假，阿爸絞腸痧，我幫手看舖。

沒太多客。朝早十一點開舖，到了接近下午兩點，只賣過五本日本漫畫單行本，營業額百多元。

這一區本來就沒有其他區的人會專誠過來，加上勞工假，附近的工廠都休息，如無意外，不會有人來買漫畫。

我拎起舖頭鎖匙，打算去對面街的茶餐廳食飯；開舖前只食了一個雞尾包（兼且是凍冰冰的），中午的時候已肚餓，但因為有人在舖揀漫畫，沒理由跟對方說自己肚餓要去食晏而趕人走。

去到茶餐廳，竟然坐滿人，可能住附近的人在勞工假都不想煮飯。我不想搭枱，要等位的話，似乎要等好長時間，我怕有想趁勞工假過來買漫畫看的客人在舖頭外乾等，唯有買外賣（最討厭食外賣）。是不是跟勞工假有關？今天的午餐配搭比平日少了一個選擇，只有三款：A 是梅菜扣肉飯，B 是乾炒牛河，C 是鴛鴦扒飯。我揀了 C，洋蔥汁，凍華田。

五分鐘後我點的鴛鴦扒飯和凍華田已放在門口那張枱上。明顯是預先煮好：鴛鴦扒一早煎好，洋蔥汁一早煮好，飯一早煲好，只有凍華田，是即叫即沖。

拎著放了鴛鴦扒飯和凍華田的膠袋，返到舖頭，他正在門口。

他的表情明顯由憂慮變成帶有一點點愉悅。

「Sorry，我去了買飯。」

拎鎖匙開門，忘記放了在哪一個褲袋，但因為右手拎住那個放了鴛鴦扒飯和凍華田的膠袋，有點手忙腳亂。

「我幫你拎住。」

明明想說點甚麼，但反應不來，只把膠袋遞給他。

總算找到鎖匙，立即把門打開。他入去後，先把放了鴛鴦扒飯和凍華田的膠袋擺在櫃枱，再拎紙巾，抹了抹手。

「今日……也要返工？」我終於想到一句體面而又合適的說話。

「有書要趕住交給印廠。」

「你做編輯？」

「初級編輯助理。」

「哦……」已經不知道應該再說甚麼。

「你食晏吧，不需要理我。」

打開飯盒，不見鴛鴦扒不見橙紅色的洋蔥汁，只見一堆梅菜和四件扣肉。

看見扣肉上那些白色肥膏我反胃我好想嘔。

或許是那一下作嘔聲，站在貨架前揀漫畫的他看過來。

「他們給了我扣肉飯。我最怕肥豬肉。」

「我幫你拎去換？」

「不過剛才去買飯的是我，他們不會換給你。」

「斜對面那間茶餐廳我經常幫襯。」他把四本漫畫放低，再將我面前的飯盒包好。「餐茶有沒有錯？」我擰擰頭。

十分鐘後他拎住一個白色膠袋返到來舖頭，然後拎出一張一百元紙幣，遞給我：「四本漫畫，剛剛好。」

我打開飯盒，裡面除了有一塊牛扒一塊雞扒和淋滿洋蔥汁的白飯，還有三條菜芯。買過那麼多次外賣鴛鴦扒飯，從來只有扒，沒有菜。

###

離開聯邦前，戴回口罩。

望過對面街，那間茶餐廳已不在。

2021 年 12 月 15 日 | 銅鑼灣中心

【他】

就算在 12 月中，一日要戴上十多小時口罩仍然是苦事。

公司把員工分成兩組，一組返周一、三、五，另一組返周二、四、六，但由於幾年前已實行五天工作，於是唯有改成：一組返周一、三、五，另一組返周二和四，到下星期，對調，不用返公司的日子，home office。

如此類推。

今日星期三，輪到我返公司。

我寧願返公司。有些工作，的確用公司那部 PC 電腦會較易去做，用平板電腦？太多不便；而公司管理層為了確保員工真的有老老實實在家工作，home office 的員工，除了需要用通訊軟件報到，更被要求在翌日交報告，報告自己在屋企做了甚麼。

曾經向高層申請讓我周一至周五照樣返去公司，

但高層不批准，原因是希望保障員工健康。

其實只是想減少員工把病毒帶去辦公室的可能吧。

Lunch time，出去買外賣——絕大部分同事都選擇使用外賣平台，我寧願自己去買。

至少可以在街上行行。

落樓前，去廁所，除低口罩，洗個面。

我面油多，習慣每隔一小時就洗一次面，但現在要戴口罩，不方便，況且經常在辦公室範圍除口罩，高層會討厭。

事實上茶水間的 noticeboard 就貼上告示：呼籲同事不要在辦公室除口罩。

用「呼籲」，公司管理層向來很客氣。

###

公司附近有不少食肆，但大部分都水準欠佳。

我從來都不是對食物要求高的人，只是公司附近食肆的老闆廚師對自己出品要求更加低。

但求讓幫襯的人飽肚，生存下去。

食飯是為了生存，戴口罩也是為了生存。到最後，我們都還原到但求生存的生物層次去。

一早習慣。數十年前，返第一份工時，經常幫襯一間茶餐廳，不特別好食——嚴格來說是根本稱不上好食，只是分量夠，例如永遠都被編在午餐選擇裡的鴛鴦扒飯，便足足有三碗半飯，有時甚至接近四碗飯。

我總是買外賣，嫌茶餐廳通風差，食完，一身油煙味，我不想在一身油煙味籠罩下返回公司。同事介不介意我懶理，但我好介意。

經過巴士站，剛好有架 2A 埋站，實際原因我不知道，只知道自己心血來潮，上了巴士。

突然想去銅鑼灣中心。

以前，每星期必定會去一兩次，現在，一個月都未必會去一次。

對我來說，那裡曾經是港島區的「信和」，分別是規模比較小，但信和有的，那裡都有：日本漫畫、美國漫畫、日本偶像 CD 寫真、模型玩具遊戲，等等。我大部分美國漫畫，都是在銅鑼灣中心買的。

有時去信和悶了，便改去銅鑼灣中心；去完銅鑼灣中心，還可以去大丸、崇光、三越、松坂屋。

但現在銅鑼灣中心只有地庫一層我會去，上面樓層的舖位，不是一直租不出，就是開了為外籍傭工而設的舖頭。

地庫只有兩間舖頭我會幫襯，兩間都是賣美國漫畫。現在少了幫襯，改買電子書，沒辦法，屋企已經擺滿雜物。

但有時候總會想去去舖頭，可能是想看看兩間舖的老闆，看看他們是否安好是否健在——老實說，跟他們完全不熟悉，平日傾偈，一句起兩句止（話題必然是跟美國漫畫有關），但感覺上，似某種老朋友。

深呼吸。

時間太早了吧，兩間美國漫畫舖都未開門。我看了看櫥窗，離開地庫。

上了一樓。一直覺得這裡的設計很特別，一邊是樓梯，一邊是電梯，用樓梯的人，又必然會在一個相交位置，遇上使用電梯的人。

本來想用電梯，但可能人流太少，索性關了電源。唯有行樓梯上去。

很多年前的暑假，經朋友介紹，在二樓一間漫畫舖做過三日替工，每日人工三百元——朋友在這裡打工，說另一個店員要和男友去趟短途旅行，但不想向老闆請假，唯有自己出錢請替工，朋友說他叫對方出高一點替工價。當時在便利店返十個鐘，人工連二百元都沒有，在漫畫舖返九個鐘便有三百元，自然立即應承。可惜，只返三日。

後來偶然知道，朋友要求女店員付出的金額，是每天四百元。

都沒所謂了。

那間漫畫舖已不在，現在的租戶，是賣衫的。但未開門。

地庫其中一間美國漫畫舖，本來開在這一層，曾經租了三間舖，一間賣美國漫畫，一間賣日本雜誌寫真書刊，一間賣玩具 figure，他和老婆及阿媽，每人各自看一間舖。

有點餓，去食飯算了。

午飯時間，糖街有人，但不多。

食甚麼好？不知道。

【她】

終於找到了。

明明記得這裡夜晚有紅 van 去荃灣。

少來銅鑼灣，嚴格來說是少過來港島，自小我的生活範圍便集中在九龍和荃灣，有過一段短時間住沙田，沒記錯的話，唸中六那年才第一次自己過海，跟同學去香港大學開放日，一直跟住同學走，其間搭了甚麼車行了哪些路都不知道。

去到港大，跟住同學行來行去，完全不知道看過甚麼，只覺得裡面的路很複雜，換了是我自己一個來，必定迷路。日後報聯招，應該不會把港大的學科擺在最前位置。

離開港大，同學提議去銅鑼灣行街食飯（這明顯才是同學去港大開放日的真正目的），我不想去，但又不知道應該怎樣由港大前往金鐘地鐵站，同學說她會搭的士落銅鑼灣，我唯有跟住她；去到銅鑼灣，同學拉住我，要我陪她行崇光，那是我第一次去崇光。

那是我第一次去日資百貨。

跟住同學搭電梯，不知道去到哪樓層，眼前統統是賣女裝的，同學不停把衫拼上身看，又去試身室試褲。她試褲時，我在外面等，沒看衫褲，我不敢看，店員也沒有理會我，而且，或許是錯覺，店員似乎刻意跟我保持住一點距離。

突然感到自卑。自卑來自：自己跟這個地方以及這地方所賣的衫褲鞋襪，格格不入。

同學試完褲，說褲形不襯她。她並沒有察覺到我的自卑，當然，自卑不是肉眼可見。

她最後揀了一件短袖上衣。

「多謝小姐一千二百蚊。你先 check check 有沒有問題，因為不設退換。」店員笑著說。同學把衫拎起，看了兩眼，便從表面布滿菱形的黑色皮銀包拎出一張一千元和兩張一百元紙幣。

離開崇光時，同學說，反正都來了，不如過去對面三越。

我不想去，但還沒說出口，右手已被同學拉著，行出去馬路。後來才知道那條馬路叫做軒尼詩道。

來到三越，同學基本上重複她在崇光所做的事，把衫拼上身看，把褲拎入試身室試，唯獨額外做了一件事：在某個專賣飾品的 counter 不停把耳環放在耳珠旁細看。

「哪對好？」

沒想過她會問我意見，一時間不知給予甚麼反應。

「你沒有戴耳環嗎？」

「沒有。」怕她不相信還連忙擰頭。

「但你明明有穿耳洞。」

她竟然留意到。

「好耐以前了，我戴耳環皮膚會敏感。」

「我覺得你戴耳環會好看啊，可惜。」

最後她揀了一對款式相對簡單的，售價九百元正。

「肚餓，去食飯。」

我害怕。從她買的衫和耳環，本來以為她會去一些收費高昂的餐廳，但她帶我走進一條小街，裡面有一間茶餐廳一間粉麵店一間車仔麵檔，她提議去車仔麵檔。「我記得你會食豬大腸，這一檔你一定要食！」

那一天，有點熱，同學食了幾啖麵額頭已在不斷冒汗，她懶理。

食完麵，她帶我行到一個小商場外，說：「這裡有架小巴去荃灣，但我不肯定會不會經過你屋企附近。」我點了一下頭。她再說：「記住這個商場，銅鑼灣中心，下次來銅鑼灣，可以搭這架小巴返荃灣。」

之後再沒有和她去銅鑼灣，一年後她移民去了加拿大，大學畢業後，在爸爸公司工作了好幾年，嫁給一個同事，婚後生了一個女。三十三歲那年，送完女兒返學，駕車返屋企期間，撞上一架入錯線的貨車。

她一直有寄信給我，每一封信的結尾，都是叫我過去加拿大探望她。

我一直沒有。

###

除了司機，小巴車廂只有我和一個中年男人。

一直沒有客。沒辦法，時間不早，況且現在，根本不會有人行街。

司機食完煙，上車，把車門關上。

透過車窗，從表面看，銅鑼灣中心完全沒有變。

我從來沒有入過去。

2020年4月11日 ｜ 嘉福中心

【她】

突然接到同事訊息：方不方便去補習社接她女兒？

她要帶奶奶去醫院，奶奶中午時候開始一直咳，又說喉嚨好痛。她老公從外地回港，還在隔離。

我覆了她一句「可以」。

她是我在化驗所最熟的同事——不算是朋友，在化驗所我沒有結交任何朋友，返工就返工，從來不認為要在工作場所交朋結友。

跟她再熟，仍然是同事。同事有事要我幫忙，幫得到，一定幫。

問題是不熟悉嘉福中心那一帶。

查看 Google Maps，商場在荔枝角道和界限街交界，有沒有巴士去到？總會有，只是不知道要搭哪一架，況且近來巴士班次好疏，搭地鐵比較穩陣。

換了上衣，穿好牛仔褲，穿上波鞋，拎起 tote

bag，離開屋企，閂大門，準備鎖好鐵閘時，才記起忘了戴口罩，於是拉開鐵閘，開大門，除低波鞋，走到飯枱，拎起一直放在枱上的口罩盒，打開，拎走一個——原來剩低五個，又要買盒新的了。

穿回波鞋，閂好大門，鎖鐵閘，戴口罩。

太子站距離嘉福中心最近的出口是 D——其實完全不近，但在 Google Maps 看，這的確是距離最近的出口。

截至目前為止，我絕大部分時間住沙田和荃灣，即使從搭地鐵的角度看，太子跟荃灣屬於同一條路線，但實在好少來太子，大角咀深水埗，更加少。

以致就算距離明明不算遠，感覺上仍然很遠。

###

由 D 出口行上地面，是汝州街。往深水埗方向行，行經香港保護兒童會（從來不知香港有這麼一個組織），到了界限街，轉左，一直行。

這裡有種以前香港的感覺。

去過上環西環，那裡也讓我感受到以前的香港，但跟這裡不同，這裡明顯比較蕭條和困乏。當然，可能跟今天是星期日有關，不排除平日這裡很熱鬧。

幾時才行到去嘉福中心？可能不熟路，覺得界限街好長，一直行不完。

也曾懷疑自己行錯路，但 Google Maps 上的界限街，明明是一條大直路，只要方向正確，應該不會行錯。

不熟路，步速明顯減慢，由太子 D 出口行去嘉福中心，大概用了接近半小時，下次再過來，時間應該可以少一點（但應該沒有機會再過來吧）。

在 Google Maps 找路時已經看過嘉福中心外貌，相裡面的似乎新淨一點，眼前的明顯比較舊，也有可能今日沒陽光，天灰灰，令本身已經不算新淨的建築物顯得更加霉舊。

是上世紀八十年代那種設計，一或兩幢私人樓，配合一個商場，阿爸以前開漫畫舖的聯邦廣場也是這樣，分別是聯邦的商場樓層比這裡多。

怕自己不熟路，早了出門，來到時，同事女兒還未落堂。還有十分鐘左右才落堂。

同事女兒返的補習社在一樓，其實一樓有九成舖頭都被人租來開補習社，每一間都坐滿人，都是小學生。我讀小學和初中時沒有補習，到了考會考，才跟同學去了一間開在尖沙咀的補習社補習英文，一星期返兩堂，每次上堂，課室都坐滿人，肯定超過一百人。

這裡餘下的一成舖位，就是一些單看門面完全無法知道實則在經營甚麼，例如其中有個舖位，沒有舖名，沒有櫥窗——舖面用膠板覆蓋，令你看不見舖裡面，只能聽到一直有水準欠佳的歌聲由裡面傳出來。

或許因為是星期六下午吧，商場通道就只有我，沒有其他人——老實說，就算我住附近，也不會在星期六下午專誠來這裡。

本來不悶，來到也會變悶；本來就悶的話，來到這裡只會更悶。

想起以前每次行入聯邦廣場就好悶，看舖更悶。誰會在這麼悶的地方開舖頭？誰會來這麼悶的地方買漫畫？

在這裡，我想起聯邦那種悶。明明是不同的商場，卻給我一種完全相同的悶。

同事竟然安排讀小學的女兒來這麼悶的地方補習。

時間到了，行去同事女兒返的那間補習社。同事早已跟補習社導師說，自己有事，託人來接她女兒。

曾經在一次同事生日會見過同事女兒，已是幾年前，她應該認不到我。

但她竟然記得我。

「你是那個不食士多啤梨的姐姐。」她說。

同事生日會那天，不知由誰預備了一個士多啤梨蛋糕，我把自己那件蛋糕上的所有士多啤梨，都給了一個有份出席的男同事。

現在才想起，那個男同事舊年辭職，問他是不是轉行，他沒有明確地答，只說可能先休息一下。

「你竟然記得我。」——本來想說，但沒有說。

「肚餓了吧，想食甚麼？」我改為這樣說。

「不食味中味。」「味中味」是附近一間茶餐廳，她說每次補完習，媽咪都帶她去；有時候媽咪沒煮飯，又只會去味中味。

「你想食甚麼？」——我未問，她已經說：「我要食壽司！」

原來已經有一段長時間沒有食壽司。我不食魚，蒸魚抑或煎魚都不食，但會食壽司，我唯一會食到魚的時候就是食壽司。

如果已有一段長時間沒有食壽司，代表已有一段長時間沒有食魚。

「附近有壽司舖？」——我未問，她已經拉著我，沿荔枝角道往深水埗方向，行去一間只做外賣的壽司舖。

「買返屋企食？」

「我要食加州卷火燒芝士蟹棒壽司芝麻八爪魚！」她想說的應該是「火炙芝士蟹棒壽司」，但把「炙」字讀成「燒」字。我沒有更正她，補習堂已上完，何況我也不是補習老師。

我幫她點了加州卷、火炙芝士蟹棒壽司和芝麻八爪魚，自己則點一個壽司 set C。

「姐姐可不可以分一件玉子壽司給我？」她問。我點點頭。

沿住荔枝角道，往太子方向，回到同事在始創中心對面的屋企。

星期六下午，街上很靜。

她住的是單幢樓，比起周圍的樓高和新淨。後來我上網 search，樓齡十年左右。

大堂護衛（不知道這樣形容是否貼切）看見同事女兒，立即和她打招呼，也沒有要求我拎身份證出來登記。她人緣肯定比我好。

入屋，她先洗手，除低口罩，又再洗手。

我把壽司放在餐枱上，打開透明膠盒，聞到那股壽司獨有的味道。

她拎出兩隻豉油碟，一隻有公仔，一隻沒有，有公仔的她用，沒有的給我用。

她放芥末落碟，再倒豉油，很熟練。如果沒記錯，她今年八歲。

她先食芝麻八爪魚，我留意到她有個習慣，她會先咬掉八爪魚的頭，然後，才把餘下的身體部分（亦即八爪魚觸鬚）放入口。

「姐姐請你食一隻。」我夾了一隻八爪魚，模仿她，先咬頭，再咬手（這樣形容有沒有錯？）。

「原來姐姐同我一樣鍾意先食個頭！」我笑了笑。她當然不會知道我正在模仿她。

我夾了我那個壽司 set C 的帆立貝壽司。帆立貝雪得很冰凍，帆立貝下面的壽司飯，更加冰凍。這是大部分港式壽司舖的處理風格，當然不能說好，但只要習慣了，也沒甚麼不好。

最緊要是習不習慣。例如戴口罩，真的完全不能習慣，或許持續地不習慣，因而形成心理上的抗拒，每次出門口，都不記得戴。

同事女兒又習不習慣每個星期六返補習社？我沒有問，自然不會知道，但至少知道她不想再去那間她口中的茶餐廳，就算同事經常帶她去，她應該已經早就習慣，但習慣還習慣，不代表鍾意，習慣和鍾意是兩回事。

食完壽司，她沖涼，我坐在餐枱旁，看著同事屋企的布置。曾經來過這裡好幾次，但從來沒有細心看過怎樣布置。

就是那一種很平凡的家居布置。你會知道，這是一個小家庭，兩夫婦，有小朋友。客廳有梳化，梳化對住一個矮櫃，櫃上面有部電視機，電視機旁有部影碟機；梳化和矮櫃之間，有茶几，有幾本汽車雜誌，雜誌旁有本漫畫。

我能夠大致看見同事老公和女兒的嗜好和生活，但同事呢？觀察不到。

其實一星期五天都見到同事，但如果有人問我同事有甚麼喜好？答不來，不知道。

十分鐘後，同事女兒沖完涼，把先前穿過的衫放在洗衣機旁的籃，洗手；然後在書包拎出練習簿和平板電腦，放好在餐枱，整整齊齊，開始做練習。

「你不攰的嗎？」——本來想說，但沒有說，不想干擾和干預同事給女兒安排好的生活習慣。

她做練習，我拎手機出來，打開一個電子書 app，看一本斷斷續續看了幾個月都未看完的推理小說。

突然慶幸自己當年沒有做媽咪。

2020年4月11日 ｜ 麗華商場 & 富多來商場

【他】

深呼吸，空氣裡似是滲著一點點蛋撻味。

原來商場其中一個出口外開了一間麵包舖。舖面好細，細到裡面只容得下一個店員，抑或是老闆娘？你要買麵包，就直接嗌自己想買哪一款，她就會從一個裝上透明膠門的櫃裡將麵包夾起，放在白色膠袋裡。

蛋撻不在櫃裡，直接放在櫃對面的一個黑色盤上面。蛋撻五蚊一個，好平，剛才經過一間有借場地給人拍戲的茶餐廳，蛋撻十蚊一個，我住的屋苑那間麵包舖，蛋撻八蚊一個。

實在太平，加上剛剛出爐，忍不住買了兩個。

「睇熱呀。」老闆娘把放了兩個蛋撻的膠袋遞給我時說。好焫手。本來打算即刻食，但焫手到實在無法拎起。

先在街上等一等。反正我比約定時間早到。

如果不是約了人，我想我一世人，都不會有需要來到這個麗華商場。

以前的同事，開了間小型出版社，就只有他自己一個，每逢有書要出，都會找外面的編輯和 art。最近有個中年人找他，說想出武俠小說，同事坦白跟對方說，武俠小說在香港沒市場，一定蝕錢，中年人說願意自資，只是想有出版社替他處理設計印刷和發行等等。同事答應了，找我做編輯，酬勞不算多，但同事給我看過稿，文字上沒甚麼問題，編輯起來相對容易，加上現在不用返正職，時間很多，就當幫補一下，二手書舖也要交租。

今天就是約了作者，傾傾編輯和校對後的版本。內容方面我沒有任何意見，我的身份只是編輯，只會做編輯的工作。

他不是住在麗華中心，我說自己不熟路，問他這一帶有沒有任何容易找的建築物，他想了一會：「約你在麗華商場。」

對於一個不熟路的人來說，要找到麗華商場，絕對不是易事。

反正早到，入去看看吧——其實也沒有甚麼好看，地下那層，基本上只是一條巷，或一條通道，大部分舖頭都閂了閘，有開的，是地產舖改衫舖，以及一間賣雜貨的——不是以前那種開在街市的雜貨舖，只是這裡賣的貨品太雜，雜到我不知應該怎樣形容。

還有樓上一層。沿樓梯行上去，這一層地形比較複雜；很多舖頭的櫥窗都貼滿報紙或宣傳單張，從門外看，根本不會知道究竟有沒有開——應該有開，因為很多舖都一直有人聲和琴聲傳出。我不怕鬼，甚至不信有鬼，否則肯定會被這些不知從哪裡傳出的人聲琴聲嚇倒。

行到某個轉角位，有部開著的電風扇被放在一張矮凳上。既然開著，自然是有人按下開關掣，只是不見有人。

這裡沒有冷氣。或許有關方面認為，反正都沒有人會來，開冷氣也是白開吧。深呼吸，有一點點霉味。

如果不是約了人，根本不會知道原來一直有這個商場這麼一個空間存在——這個空間，存不存在，對於我都不具備任何意義。老實，就算那間開在外面的麵包舖焗的蛋撻再平再好食，也不足以成為我再一次前來的誘因。

這裡所包含的一切，只會一直靜靜的，留在這裡。

想到這裡竟然有一點悲哀。

我明明不是容易悲哀的人。

###

就像舊同事的形容，作者是中年人，很典型的那種中年人，衣著沒有任何足以作為特色的記認，臉容留下了一點點歲月痕跡，而他沒有刻意掩飾，但也沒有刻意展露出來。

突然有一種極強烈的感覺：他和這一區好夾。

他固然住在這一區，但擁有居住者的身份，不一定就具有和所住地區匹配的氣質（就例如就算讓我住在麥當勞道，麥當勞道居民大概只會覺得我突兀）——他呢，是這一區——當中那一個「是」，具有邏輯學的嚴格意義。

「麻煩你專誠走過來。」他說。

我沒回應，只笑了笑。

「這裡難找嗎？」

「還可以，我跟住 Google Maps 由彌敦道行過來。」

「你應該會覺得這一帶跟彌敦道分別好大。」

「的確是。」這一句是真心的。

「出面永遠好嘈，這一帶永遠好靜。」

「你住在這裡好耐？」

「由我出世住到現在。有搬過一次，只是由橡樹街搬去鐵樹街。」

他可能以為我知道橡樹街和鐵樹街的位置或距

離，但我根本不知道，所以霎時間不知怎樣回應。

「兩條街好近。」

我「哦」了一聲。

「我住在富多來。我們去那裡找個地方坐吧。」對「富多來」完全沒概念。我跟住他，離開麗華商場，一直行，其間他提到麗華以前是戲院。

很難想像這裡會有戲院。

跟住他一直行，沒有刻意留心方向，由麗華行到富多來，路程應該只是五六分鐘左右，總之一定是十分鐘以內，但感覺上似乎行了一段長時間。

富多來是一個屋苑，分兩邊，一期和二期。

「上面的平台是商場？」我問。

「除了平台，地下還有一條巷，以前好旺。」他口吻似地產經紀——但如果是地產經紀，才不會說「以前好旺」這一句。

「可以上去行一行嗎？」

「當然可以。」

通往平台的樓梯旁，有個招牌，啡色磚上有上下兩行立體字，上面的一行是「購物中心」，下面一行，字較大，「富多來商場」。我不熟建築設計，看見這兩行字，也大概估到這是上世紀八十年代的產物。

到了平台，一邊是欄杆，一邊是舖頭，除了一些被人租來當貨倉，大部分都是琴行和補習社。

有人說，一個商場，如果開始開夾公仔舖，就是變死場的先兆；那麼，一個商場如果開滿琴行補習社又代表甚麼？不過我對這個問題根本沒有興趣。

一陣風吹來。今天有點翳焗，這陣風，很舒爽。

尤其當我身處這平台。

「我搬入這裡時望到海景。」

富多來的海景會是怎麼樣？無法想像。不再存在，不能復刻。

在平台行了一圈。沒甚麼好看，但我喜歡這種沒甚麼好看。

沿著先前上來的樓梯，回到街上，他帶我去了一間面積細小的食店。「這裡有一間食馬來咖喱的舖頭好出名，經常排長龍，但現在落場。」

我笑了笑，笑容中帶有一種「沒關係」的意味，但我不肯定他是否明白。

「你鍾意動畫的嗎？」他這條問題問得有點突兀。

「以前好鍾意，但始終比較鍾意漫畫，動畫麻麻。」

「八十年代，這裡有間舖頭，形式類似動畫社，總是聚集了動畫迷，我細妹經常去，看他們播放的日本動畫 VHS。我對動畫沒甚麼興趣，但因為要陪細妹，唯有一齊看。」他飲了啖水，再說：「即使對動畫沒有興趣，但那齣《可曾記得愛》，的確好難忘。」

我也看過《可曾記得愛》，《超時空要塞》電影版。絕對是八十年代日本動畫經典。

「想不到有這種動畫社存在。」

「以前搬來這裡，屋又新淨，又有商場，好開心。」

我笑了笑，又再一次。

「不似得現在，好慳悶。」

是的，周圍都很慳悶。但我不想延續這話題。

「你細妹呢？還住在這一區？」

「她十幾年前搬了去加拿大。」

似乎問了一條不應該問兼顯得自己有點八卦的問題。

我從 tote bag 拎出一個公文袋，打開，裡面是一疊 A4 紙，紙上印著他的小說稿，以及寫上我用紅色原子筆做校對的修改。

「本來也想環保一點，但編輯校對，還是望住一疊紙會較容易做。」

「我認同。」他咬了一啖公司三文治。「你有看嗎？」

「當然。」

他又咬了一啖公司三文治，裡頭那塊煎蛋跌了落枱。「寫得怎樣？」

「不錯啊。」

「不需要講客氣說話。」

「如果講客氣說話，我會講『好精彩』。」我飲了一啖凍奶茶——奶和茶配合的味道是我喜歡的。「但小說在香港不會太暢銷，沒辦法，現在的人都不看故事，只會聽人家的意見，我經常講，今時今日與其寫書，不如做 YouTuber 更實際和有利可圖。但你情況不同，從你的小說，看得出你對武俠小說，而且是對還珠樓主那種武俠小說有份熱愛。」

「不過現在都沒有人看武俠小說了。」

我笑了笑。我希望是今天最後一次。

「以你經驗，趕得切在書展前印好嗎？」

「一定趕得切。」這是我今天語氣最肯定的一句說話。

2019 年 12 月 20 日 | 華都商場

【他】

「我好想今年過到聖誕節。」

這句話，是我行去華都商場時，在屯門市廣場某個位置偶然聽到。

說這一句話的，是一個我不認識的女人；而這句話的對象，自然不是我，而是她朋友。

好奇怪，這句話一直浮現在腦海裡。

我不是個重視聖誕節的人——嚴格來說，我根本就不是個重視節日的人。

以前每當聽見有同事說聖誕節很 warm，就好想這樣回應：難道中秋節就不 warm 嗎？事實上，如果要比較聖誕和中秋，我的確認為中秋的氣氛更好。

如果要我只揀一個節日留低，一定揀中秋。

但剛才（偶然聽到）那個女人那一句「我好想今年過到聖誕節」，似乎帶有一種悲哀。

悲哀是因為，那句話裡帶有卑微的意味。

那個願望何其卑微。

###

商場也存在著卑微不卑微的分別。

如果屯門市廣場是尊貴，華都商場便是卑微。

深呼吸。兩個明明連在一起的商場，連氣味都有分別。

屯門市廣場的空氣沒有味，華都商場的，混雜了很多氣味：食肆油煙味、人群的體味、附在不同角落的霉味，構成了卑微。

但我每年總有兩三次入來華都。入來的方法有兩種：在沙田火車站外的巴士總站搭 263，或者在旺角火車站外的巴士總站搭 58X，都是在屯門市廣場落車，然後經由屯門市廣場，行去華都。

第一次來華都，很多年前的事了。那時候知道有個女同學住華都，原因不明，好想知道她住的地方是甚麼模樣，於是在某個翳熱的星期六中午，搭巴士入去，記得當時是在沙田先搭 48X 去荃灣，千色店落車，再行去南豐中心下面的巴士總站，搭 60M 去屯門市中心。不計等車不計由千色店行去南豐的路程，兩程車，便用了接近一個半小時。

那天無疑有點緊張。

那時候的屯門市廣場，給我一種試圖複製新城市廣場的感覺，但是不是複製我沒所謂，反正入來目的，純粹是為了看看華都。

原來單從在場的人來看，已可以知道自己身處一個不同的商場。

屯門市廣場就是那種整潔光鮮，租戶有不少都是連鎖品牌，適合情侶和一家人留連的商場。

在華都的人，感覺上，很多都不似是一家人，有的都是跟我年紀差不多的人，深呼吸，是煙味，牌子不同但氣味相同的煙味。我不抗拒煙味，但之後要幫別人補習，不想學生的家長誤會我有食煙，唯有匆匆行一趟看兩眼就算，印象是，開了很多卡拉 OK。

那些卡拉 OK 如今都不在。當日那些跟我年紀差不多的人亦已不再年輕。

來華都的人，有不少是一家人，連接屯門市廣場那一層，擠滿了人，兩邊也開了不少連鎖店舖，主要是食肆，收費較相宜那類連鎖食肆。

經由（有點髒舊的）樓梯落一層，舖頭主要是做手機維修的、賣精品的、讓人夾公仔的，以及專門介紹外籍女傭的。這一層，通道很窄，嚴格來說，同一時間只容得下一個人行，又或者，情侶吧。

還有地下那一層。這一次，經由建在商場中間位置的電梯落去，一個裝置剛好放在電梯與電梯之間。

是一個馬槽。裡頭的嬰孩，應該是耶穌；馬槽外，有三個中年人。

這應該是商場為了聖誕而擺放的裝置吧。

驟眼看，不知是買現成的抑或是自製的，但無論如何，的確有一種學生勞作的感覺，有點粗糙，又有點難得的稚嫩。

對比那些放在大型商場中庭的巨型聖誕樹，這個馬槽，很卑微。

雖卑微，但這個馬槽擺設，至少是這個商場（不知哪個部門）為了即將來臨的聖誕節專誠去做的。

###

當日那個令我專誠搭兩程巴士入來華都看一眼的女同學，是否仍然住在華都？我不知道。

我甚至連她的臉是怎樣都忘記了。名字？也忘記了。

在華都二樓一間舖頭食河粉時一直試圖去回想她

的臉，但腦裡沒有任何足以組建成她樣子的組件，以致她的樣子，只是一片白色，就似畫人像時，明明都把臉的輪廓和頭髮畫好了，但刻意不去畫眉與眼，口和鼻。

反而記起另一個名字：齡。

或許因為她不是用慣常名字會見到的「玲」，而是「齡」。

這個用「齡」作為名字的人，我明明應該記得她樣子的，只是有點模糊。

反而清楚記得華都以前的樣子格局。

為甚麼我的大腦只記住華都以前的樣子而記不住齡的樣子？——記憶，不應該是由我去掌控的嗎？換言之，我應該有權和有能力，去記住我想記的，但事實證明，在這方面我沒有權也沒有能力，而這個由不得我去掌權的地方，自行替我選擇去記住一個商場以前的模樣。

甚至驅使我每一年，都總有兩三次專誠入來華都。

不帶任何目的。

不像那個偶然聽見說出「我好想今年過到聖誕節」的女人，她現在努力生存下去，目的就是想今年能夠過聖誕節。

對於這個節日沒有任何期待。最後一次和別人（煞有介事）慶祝聖誕節是幾時的事？記不起。竟然。

2019年4月27日　新世紀廣場

【她】

本來買了戲飛，但遲了出門。

本來沒有問題，但地點在灣仔藝術中心。

出了地鐵站，還要行一段路才能去到，如無意外，一定會遲入場。

本來不用遲出門，但臨近出門時，總嫌那新買的褲顏色不好看；把褲換掉，又嫌那新買的衫顏色款式不夾，唯有換掉上身衫——衫與褲，都是舊的，都是每逢放假外出時會穿的。

本來穿上新買的衫褲，就是想令自己有點不同，但同與不同，其實都一樣。

沒有人會去計較理會我的不同。

又或，臨出門時才去花時間換衫褲，是因為大腦某個地方，隱約發出了「不想去看電影」的訊息，然後大腦另一地方，就做出相關回應，連隨發出「新買的褲顏色不好看」的訊息，結果，成功阻截我出門的欲望。

但人已在灣仔地鐵站，我又少過海，就上去路面，隨意找個地方食完晏再離開。

我選了 A3 出口。

不選 A1、A2 和 C，那幾個出口我以前使用過，是陪阿爸去書展買漫畫精品返舖賣，好逼人，排長龍；不選 B1 和 B2？似乎沒甚麼原因。

經由 A3 上了地面。應該往哪個方向行？向前，要過馬路，現在剛好紅燈，要等，等轉燈，我不想等；向後，似乎沒甚麼好行；向右，往金鐘方向，印象中會經過修頓球場，不吸引。

向左。沿莊士敦道，行到菲林明道交界，身旁是一個叫「大有廣場」的商場，未行過，推門入去，地下中庭有展覽，是畫展，都是些靜物寫生水彩畫，隱約有種業餘味道——原來是一個畫會的聯展，展出的都是會員的畫作，業餘得來，水準亦明顯有參差，但沒所謂，自己的畫能夠放出來讓人看已經開心。

沿電梯上一樓，有兩間連鎖咖啡店，其中一間有意粉食，但我不想在這裡食晏。其他舖頭，沒甚麼特別。

上去二樓，有幾間食肆，其中一間是食台灣滷肉飯飲珍珠奶茶，有點想飲珍珠奶茶，買了一杯，加仙草，走甜。旁邊是一間賣 CD 影碟的，但我拎住凍珍珠仙草奶茶，怕倒瀉，不入去了。

商場每一層設計都是中空的，店鋪分布在迴廊，四個角落的鋪頭面積會比較大，所以通常是食肆，會有一排玻璃窗，讓人看見外面的風景。

但可能是周六下午？每一間食肆都不多人。

其實整個商場都不多人。

沿著（其實不長的）迴廊行，才發現原來有廁所，而且沒上鎖，太好了。

當商場空蕩蕩，廁所反而多人。

離開廁所，沿電梯回到地下，中庭的畫整齊擺放著，沒有人看。臨走時，我把每幅畫再看一眼。

###

離開大有，面前有三條路。

轉左，菲林明道。

前行，莊士敦道。

前行但稍微偏右，灣仔道。

似乎選哪一個方向行哪一條路都一樣。

菲林明道莊士敦道都好闊落，我揀了最細小那一條，灣仔道。

不只細小，也舊，路旁的舖頭都有點舊，尤其在星期六下午，會不期然有種悶的感覺——不是來自人，而是來自一個地方，一個經由地方散發出來的感受，似在暗示：這裡就是這樣的了，不會變，不會有任何改變。

不會有所改變的包括一個商場外的語句。

「新世紀廣場 現已開幕」

從來不知道有這麼一個商場，但不重要，我不知道的商場多的是，不是甚麼重大發現，只是這個叫做「新世紀廣場」的商場都應該有一點歲月了吧，但仍然用上「現已開幕」，似乎有點詭異，畢竟一般來說，「現已開幕」是用來形容一個新商場或新舖頭的吧，有一種鋪張和隆重的感覺，但眼前這個新世紀廣場，不需要這種鋪張和隆重的形容吧——但文法上可沒有錯，不論昨天才開幕的新商場抑或開了好幾十年已經沒有人行的商場，同樣可以用「現已開幕」來形容。完全沒有錯。

這句「現已開幕」成功吸引我，令我忍不住行入去看看。

商場外行人不算太多，商場內的人更加少。

九成舖頭都有開門營業，但絕大部分，都沒有客——舖頭裡面沒有客，舖外面也沒有，但每間舖都有人在忙，而且有個共通點，每一間都只得一個人看舖，可能是老闆，可能是伙記。也有一些舖頭的人（我不知是老闆抑或伙記），聚在一起打牙骹。

竟然有種熟悉感，或許因為這裡的空間布置、舖頭種類，以及疏落，令我想起聯邦廣場。

自從阿爸的漫畫舖結業後，已經很多年沒有再去聯邦廣場。是不是仍開滿舖頭？裡頭還有沒有人行？我不知道，也沒太大興趣知道。

它變成怎樣，那個空間，跟我已再沒關係。

就好似這裡，如果不是今天偶然經過入來，對我來說，這裡等同於不存在——這個在外牆強調「現已開幕」的商場固然存在，但在這一天之前，不曾存在於我的認知裡。

「阿齡？」有人拍我膊頭，輕輕力。

我擰轉頭。是個中年女人。

「你是阿齡？」

努力去想，可惜腦袋一直未曾浮現能夠跟這個中年女人吻合的記憶。

「我是阿翹。」中年女人說。

「哪個阿翹？」

「筆劃好多那一個『翹』。」中年女人誤會了我的問題。「中四中五我和你同樣讀理科班，我還坐在你後面。」

我似乎記起她了。即使記憶好微弱，但總算跟眼前的她吻合。

「好多年沒有見。」

「好多年沒有見。」我重複了她的話。分別是她那一句帶一點類似感慨時光飛逝的無奈，我呢，純粹客觀描述。

「竟然會在這裡遇到你。你來這裡有事？」

好難向她交代自己是被商場外那句「現已開幕」吸引入來。「剛好經過這裡，想找廁所。」臨時創作了一個應該合理而且無法挑剔的原因。

「這裡的廁所只有商戶才可以用啊。」阿翹走入一間美容店，十秒後再回來。「拎去。」她遞來一條鎖匙。

霎時間有點遲疑，但還是接過鎖匙。「由這裡行到尾就見到。」

我拎住鎖匙，一直行到尾，見到女廁，把鎖匙插入匙孔。剛剛在大有才去過廁所，暫時沒需要，唯一可以做的是洗洗雙手照照鏡。

大概逗留了五至六分鐘，離開廁所，返到剛才遇見阿翹的位置，把鎖匙遞回給她。

「趕時間嗎？不趕的話，入來坐坐。」阿翹說，然後不等我回覆，就拉我入去剛才她拎鎖匙出來的美容店。

「好多年好多年沒見過中學同學了。」

我點點頭，問她：「你在這裡返工？」

「我幫阿媽看舖，這間舖她開了好多年。」

完全不知道阿翹阿媽在這裡開美容店。

「所以以前放學就要即刻離開學校，趕返來，幫阿媽手。」

阿翹的情況原來跟我相類似。

「以前好鬼憎，令我不能參加課外活動，連星期六日也要來這裡。我一世人大部分時間都留在這個商場。」我明明沒有問她，她卻一直在說——也好，我不用刻意找話說。「但阿媽也是靠這間舖養大我和阿哥。」原來阿翹有個阿哥，我要時隔多年才知道。某程度上，阿爸也是靠經營漫畫舖養大我。

「你主要幫媽咪手？」總不能一直聽阿翹交代過去而我不說半句。

「我有份工返教育局的，普通工一份。你呢？」

「我返化驗所。」

阿翹只是「哦」了一聲，沒追問，似是對我在化驗所的工作沒甚麼興趣——的確，我做的不是甚麼足以勾起別人好奇心的工作。

「你趕不趕時間？不如陪我去食 tea？」阿翹說。

「可以呀。」反正我未食晏。

阿翹帶我去商場內一間連鎖快餐店。商場空蕩蕩，這裡坐滿人。

剛好有人走，總算找了兩個不用搭枱的座位。「好彩有位……你食甚麼？我幫你買。」阿翹說。

霎時間想不到。阿翹說：「我記得你鍾意食公司治，買一份，兩份分，另外我再買兩隻炸雞翼。飲品呢？」

「熱奶茶。麻煩你。」

十分鐘後，阿翹捧著一個托盤回來，托盤上有一份公司三文治、一碟炸雞翼、一杯熱奶茶、一杯凍奶茶。

「本來想去外面食，但一陣有 booking，要趕住返舖。」

「這裡都幾多人。」

「商場最旺就是這裡。這一區多老人家，經常在這裡打躉。或許將來到我老了，沒細藝，都會這樣。」

我只笑了笑。

是不是錯覺？對比這間快餐連鎖店的其他分店，這裡的燈光好似特別暗。

「有沒有見其他同學？」阿翹問。

「沒有，你呢？」

「對上一次見都已經十年前，我擺酒，請了幾個。」原來阿翹結了婚。沒有問她為甚麼不派帖給我。我當日擺酒，也沒有請任何同學來。但我盡可能不提及自己任何狀況。

「我個仔都十歲了。」

「犀利。」這一句倒是真心的。

「我都服了自己，自己一個人湊大個仔。」

我似乎聽得出阿翹這一句的含意。我沒有追問，也沒打算追問，但阿翹自己繼續交代：「兩年就離婚，捉姦在床，好老土。我抱住個仔，返去阿媽屋企。」

不是不想聽阿翹的故事，只是今天實在沒有心理準備去聆聽這類婚姻失敗的故事，好彩，阿翹立即作出總結：「結果原來一樣捱得過。」她咬了一口炸雞翼再說：「只不過又回到這個商場。當你以為終於有所改變，但到頭來，原來沒有。」

這個商場（以及這間在商場裡的連鎖快餐店），一直都沒有變化，或許這份「沒有變化」的特質，也會波及在這裡開舖的人（及他們的家人）。

悶的其中一個原因，是沒有變化——工作沒有變化，以致日常生活模式也沒有變化，當多種「沒有變化」混合在一起，就會產生「人生沒有變化」的想法，一世人流流長，卻不存在任何變化，就會悶。

當日他提出離婚也是歸因於悶。

或許對他來說，跟我一起的生活，就好似身處這一個新世紀廣場。

一旦開始，就注定永遠不變。

「剛才在地下看見一間舖，好似是賣籃球閃卡。」我說。

「那間卡舖歷史好悠久。」阿翹說到「歷史」二字時明顯加重了語氣。「你有儲卡？好難想像。」

「我沒有，只是奇怪現在還會有人儲。」

對一件事物長情，也是「不變」的一種表達形式，但長情的人，不會認為悶。

###

臨走，交換了電話號碼。

阿翹會不會找我我不知道，但如無意外，我應該不會找她。

2018年7月6日 | 葵涌中心商場

【他】

深呼吸，這裡的氣味很混雜。

記得這裡有間食上海麵的舖頭。

很多年前幫襯過。中五暑假，等放榜，找了份暑期工，主要工作是搬搬抬抬，間中做 boy，等候 office 任何一個員工差遣。那天差遣我的是一個長頭髮的女子，臨放工，說有份文件，要我第二朝十點前務必送到去葵興一間公司，去到，找楊主任。完成了，就打電話給她。

九點九就到達，把文件送到楊主任手上。然後，打電話返公司，找那個長頭髮女子。

或許獎勵我，又或許真的沒甚麼工作可以交給我，長頭髮女子說：「不用返公司了。」

未食早餐。在工廠區行來行去，找不到食肆，於是經行人天橋，過去一個從來未去過的商場。

事隔幾十年後再來到這裡。眼前的葵涌中心商場，跟幾十年前我去過的那一個分別不大，仍然殘舊——照道理，應該比起幾十年前更殘舊，但當殘舊去到某一個地步，已沒需要再去判斷是否比以前更殘舊。

找不到記憶中那間食上海麵的舖頭，卻找到一間同樣提供上海麵的，望望餐牌，好平，叫了一碗擔擔麵走辣，加一碟鍋貼和豆漿。

好味而又飽肚。

埋單後，才發現原來商場裡有間機舖，但我已有多年沒打街機，行過就算。

今天有些工作事宜，要來葵興某工廠大廈處理。人生中兩次來葵興，都因為公事。

而且同樣在處理完公事後，經同一條行人天橋，行過去葵涌中心商場（以及幫襯一間有上海麵食的舖頭）。

分別是上一次來送文件，今次呢，去一個攝影師的 studio，做跟場——攝影師為出版社一本新書的作者拍硬照，拍好的，會揀一張，放在書的封面內頁，印在之後的宣傳品——如果有的話。生意差，公司要開源節流，推出一些過去一定不會肯出但有銷量保證的書，以及減省不必要開支，例如為新書印宣傳品。老闆總是說，賣得好的書，不做宣傳也會賣得好。某程度上，他的說法沒錯。

不過現在已沒有甚麼書賣得好，或令你相信會賣得好。

好多人早就勸我，趁還未到五十歲，盡快轉行，出版這一行，沒有前景。

我清楚，自己不再是那種對出版實體書籍有甚麼熱忱的人，但不做編輯，我有問過自己，還做到甚麼？

原來近乎廢人一個。

如果將自己比喻為商場，我想，我應該比起這個葵涌中心商場更廢——至少這裡還容納著不少商舖，以及一間機舖，一直在這裡，幾十年來，讓人幫襯，為人提供消遣，過日辰——不論上層抑或地下的走廊（這個商場只有兩層），都見到有些人，在舖頭外擺張摺枱，放幾張摺凳，圍在一起，可能在傾閒偈，又或者，純粹食煙。在某些人眼中，應該只會認為他們在浪費時間，但對我這種甚麼都沒有而只有時間的人，他們是在過日辰，過日辰不等同浪費時間，而且能找到過日辰的方法和同伴，是幸福的事。

我已經沒有甚麼朋友。以前稱得上朋友的都是同學，但不像讀書時，日日見面，現在每年見一兩次，每一次見面，都只能談過去，畢竟大家都不清楚對方現在的生活狀況。返工多年以來，亦沒有刻意讓同事成為自己朋友，跟同事在辦公室相處融洽便足夠，收工後，各行各路。事實上，工作性質令我根本不需要跟同事有太多交集。

下午三點三十分。時間有點尷尬，本來應該返公司，返到去，大概四點二十分，再坐個多小時，收工，但可能被這個商場的人影響——影響了甚麼？我不知道，而只知道，不想返去公司。我 WhatsApp 總編，說自己跟完封面拍攝，似乎有點感冒跡象，想去看醫生。五分鐘後，總編回覆了一個代表「OK」的 emoji。

我們做出版社的，每天處理大量別人的文字，當輪到自己需要透過語言表達，可以不用文字，就盡量不用文字。作為所謂文字工作者，不過工一份，一個用來在社會上交代自己的身份。

這個商場還比較老實，多年來都維持同一個樣子，從不裝模作樣，不會透過加添一些裝飾令自己顯得更有用和高級（以便提高租金），不會刻意租給一些連鎖店舖令自己更貼近外面的商場（當然不排除根本沒有連鎖店舖會對這裡看得上眼）——總之當我身處這裡，會有種錯覺：感受不到時間，幾十年前那個中五暑假，跟幾十年後的現在，是在時間線上的同一個點——甚至可以說，當這裡被起好，所謂時間的概念就不再存在，不適用。

但時間的概念依然適用在我身上，使我明確知道年歲增長為自己所帶來的變化，例如：曾經對很多事物都充滿熱忱，現在度過每一天的方式都似在過日辰。

過日辰，等時間過去。

人會有煩惱，是因為時間太多。

如果時日無多，煩惱不會再多。

2016年11月23日　兆康商場

【她】

人生在世，不是每一個地方都有需要去一次。

是哪些地方？人人答案不同，我呢，其中一個必然想到的答案是，屯門。

我去過屯門。不止一次。

但不代表屯門是我人生中有需要去一次的地方。

第一次知道有「屯門」這地方，是小學五年級的事。

那時候在牛頭角下邨住，跟嫲嫲住，由嫲嫲湊，阿爸要返工，每個星期六晚才去阿爸屋企住一晚，第二晚，他帶我返去嫲嫲屋企瞓，方便第二朝返學。六年小學，都在牛頭角下邨一期的學校讀，班上同學主要分三批：第一批，住牛頭角下邨；第二批，住牛頭角上邨或花園大廈；第三批，住德福花園，家境最好的一批。

小五，有個比較熟的同學退學，沒有交代原因；幾個月後的某一個周六下午，嫲嫲屋企電話響起，我拎起來聽，竟然是那個搬走的同學打來，說自己搬了去屯門，一個叫「兆康苑」的地方。我奇怪，奇怪她為甚麼在退學幾個月後才打電話向我交代，但我沒說甚麼，只管聽她說，她說自己轉了去一間在友愛邨的學校，識不到新同學，日日返學都好悶，好掛住跟我一起在小息跳橡筋繩。

她問，之後還可以繼續打電話找我嗎？我說當然可以。她笑了笑，說聲 bye，收線。

從此以後沒再接到她電話。或許她已經識到新同學在小息跟她跳橡筋繩了，戥她開心。

從此以後，「兆康苑」這個屋苑名字，這個在標示屯門某地方的名詞，我一直記住。

只是一直沒機會入去。以我所知，阿爸沒有親戚住屯門。我自己，亦沒有任何要去屯門的理由。如果不是那個同學搬了入去，屯門其實是一個與我完全無關的地方。

到了中四，入了理科班，有個由中一至中三都沒有與我讀同一班的同學，被編去坐我後面的座位，每逢落堂，她都會拍我右面膊頭，動用各種她想得到的理由，撩我傾偈；小息和午飯時，又會跟住我，我去廁所，她跟住我去廁所；我去小食部，她跟住我去小食部（但沒有跟我買同一款汽水）；我去瀝源邨某間茶餐廳，她又跟住我一起去。

唯獨放學後，她沒有跟住我，畢竟我和她住在不同地方，我住的地方，可以行路回去；她呢，住屯門，她說她要先在源禾路泳池外的巴士站搭 48X 去荃灣，落了車，再行去一個叫「南豐」的地方，下面有巴士總站，有巴士搭入去屯門市中心。

兩程巴士，不計等車，最快也要個半鐘才可以返到去；至於返學，則要預更長的時間，她說，屯門公路大概是全宇宙最多交通意外發生的公路，所以她每朝清晨五點就起身，趕搭第一班巴士去荃灣，比較幸運是她在總站上車，必定有位坐，於是可以在巴士上睡。

「好辛苦。」我說。對於可以行返學校，放學後又行返屋企的我來說，這的確是真心話。

「都慣了。」她說。換言之，她也認同這樣返學放學好辛苦，純粹是迫自己去習慣。

有日，上最後一堂前，我擰轉身跟她說：「放學後可以跟你返屯門嗎？」

她明顯對我這個突如其來擰轉身說的提議有點意外和詫異，但只是答我：「可以，你不怕山長水遠的話。」

放學後，立即跟她過馬路，跑去學校對面的巴士站。

她早就清楚巴士由禾輋總站開出的時間，如果趕不上這一班，就要等至少十分鐘。對一個每天搭上至少個半鐘巴士才能返到屋企的人來說，等十分鐘巴士，很浪費。

當我們跑過馬路到了巴士站，一分鐘後，果然有架 48X 駛至。

「好彩剛才不准你去廁所。」她說。

###

第一次搭 48X。第一次去荃灣。

第一次去南豐中心的巴士總站，未落去等巴士時，她說路途遙遠，先食串魚蛋啦，南豐中心開有很多小食檔，完全是為了準備搭長途巴士返屯門的人士而設。

第一次搭 60M。第一次搭巴士經過屯門公路。

「你好彩，今日交通暢順。」

她說了這句後，我們在巴士上層肯定還有傾了一點甚麼，但究竟傾了甚麼？忘記了。

只記得大概四十分鐘後，在屯門市中心落車，她先去買了包檸檬茶，再帶我行去她住的華都商場。「這個商場好雜，平日阿爸嚴禁我自己來的。」她飲了一啖檸檬茶，剛巧經過一間卡拉 OK，門外站著幾個人：「這裡好多靚仔。」我想望一眼，但不敢。

「其實為甚麼想入來屯門？」她突然問我。

「沒甚麼特別原因，如果真的要我說一個原因，唔，我想去兆康苑看看。」

「你應該早講嘛，要去那裡，要搭另一架巴士。」她沒有追問我想去兆康苑看看的原因。「我可以陪你搭輕鐵過去，但你怕不怕晏返屋企？」

就快五點半，畢竟十一月底，日照短的關係，天色已轉暗，令我產生一種時間已經不早的感覺。

我跟她說，都晏了，差不多時間要搭車走，有機會才去兆康苑吧。

原來再沒有機會。她中學會考成績不好，不能在原校升讀中六預科，要轉校；開學後頭幾個月，她有返來找我，每星期一次，到後來，隔周才返來一次，再到後來，沒再返來了——明白的，轉了校，自然會認識新同學，同時漸漸忘記舊同學。

人之常情。

在我眼中，是她沒有再返來找我；但不排除在她的觀念裡，會埋怨我從來沒有主動找過她。

我承認，的確，有意疏遠她，務求和她的物質距離到了某一個程度，她就會自自然然，把我忘記。

###

在 263 上層突然記起她。

現在由沙田去屯門市中心，可以搭 263，其間只停幾個站，如果屯門公路不塞車，半個鐘，巴士已經把我載到去屯門市廣場巴士站。

如果這架 263 早一點開辦，她就不需要每一天都趕忙離開學校，跑過去巴士站，趕搭 48X；而大可以留在學校，參與課外活動。

###

今天請了病假，其實沒有病，只是有點頭痛，不想返工，去見見家庭醫生，取了點藥，最重要是醫生紙。

離開診所，心血來潮，想去兆康看看。

完全不明白，為甚麼那麼想去這個屋苑看看，多年以來，這個心願一直放不低。

在屯門市中心轉搭輕鐵（在輕鐵站把那個輕鐵路線圖看了好一段時間，才知道自己應該搭哪個編號的輕鐵），終於到了兆康。

兆康是一個有規模的車站，是西鐵一個很重要的車站——而這麼一個重要車站竟然選擇在這個有點舊的屋苑興建。

舊的不只是屋苑，還包括商場。商場分上下兩層，沒有冷氣，牆身紙皮石沿用屋苑的磚紅色；下層有文具舖雜貨舖五金舖，上層有茶餐廳琴行超級市場等，從門面看，看得出九成舖頭都開了一段長時間，老闆既在做生意，也似在過日辰——好奇怪，人在兆康，會有種時間恍如凝固了的錯覺，一切都沒有變，一切都維持原貌。

令我有種感覺：那個打電話給我交代自己搬了入屯門住的小學同學，好似昨日才搬入來，從此，就未曾長大過，而長大的只有我，以致她根本認不出我，我卻一眼就認出她。

當然我根本沒有在兆康苑兆康商場兆康西鐵站甚或兆康任何一個角落遇見她，不論是小學時的她，抑或跟我同樣長大到成為中年的她。

她打了那次電話給我過後，從此在某程度上消失。

但「兆康」並沒有消失，代表「兆康」的其他一切東西仍然存在。

「兆康」由當年一個經她口中說出的概念，到今天，在我眼前。

臨走前，想帶走一點屬於「兆康」的東西。

在地下文具舖，買了一支筆一本簿；上去商場二樓，見到有幾間茶餐廳，隨意揀了其中一間，找個角落的卡位，嗌了一碟公司治一杯凍華田。

十分鐘後，阿姐擺低一碟公司治。咬了一口，不算好不算差。

牆上掛了不少畫——都是香港漫畫家的親筆畫，還附有簽名，或許因為阿爸曾經開漫畫舖，我又經常幫他看舖，就算我不喜歡看漫畫，牆上大部分親筆畫，我都認得由誰畫。

突然想起他。

他經常去阿爸的舖頭買漫畫。他最喜歡的本地漫畫，是《海虎》。

有一次他不小心，把一個放了公司治的發泡膠盒弄跌在一疊新出版的《海虎》上，本來夾在公司治裡的炒蛋火腿番茄煙肉西生菜，統統散落在《海虎》上。

他怕我會被阿爸鬧，把那疊新出版但滿是炒蛋火腿番茄煙肉西生菜的《海虎》全部買下，合共四十本。

那天是我生日。

2016年11月7日 | 啟豐商場

【他】

角落餐廳。

喜歡這名字。

第一次來屯門碼頭。

在診所取了藥和醫生紙，去到彌敦道，見到有架59X駛來，目的地是屯門碼頭，心血來潮，上了去。

本來拿了兩天補假，第一天就胃痛，痛到食一般藥房買到那種胃藥都不見效，唯有去見醫生，他問要不要開醫生紙？本來想說不要，卻又心想，照要吧，返到公司，試試可否說因病而取消本來申請了的一天補假。我變了，以前一定不會為了那一天假而斤斤計較。

59X的路程，跟平日入去屯門市中心時搭的路線相同，同樣經由屯門公路，不同在，入到屯門後，巴士駛去另一個方向另一個地方，一個我從未去過的地方。

一直望出車窗外。這裡的景貌跟屯門市中心有甚麼不同？很難說，畢竟這裡仍然是屯門，仍然屬於屯門的範圍，但的確有點不同——這裡的樓較疏落？沒有那麼密集？以致沒有市中心那麼壓迫？我不知道。

到了屯門碼頭總站。總站位於一幢建築物底下，上面是商場。總站不只是巴士專用，還有輕鐵——每逢看見那個路線圖，都需要花上好一段時間才知道自己身處甚麼區域，如果要去其他區域，要搭哪一條路線。

還未到中午十二點，時間尚早。在碼頭一帶，沒有任何目的地周圍行（本來上了那一架 59X 就不帶任何目的），行經碼頭（原來真的有個碼頭），本想行去看看由這裡搭船可去哪處，突然覺得沒必要，我不是那種對甚麼都抱有好奇心的人，以前可能比較有，但人大了，好奇心減弱了，某程度上，是代表麻木增加了。

向前行，行到一個叫做「啟豐」的商場。名字很平凡，平凡到難以記住的地步。

入到商場，深呼吸，一種平凡的氣味。平凡也會有氣味？當然有。

對比商場名字，我喜歡商場內裡，甚麼種類的舖頭都有，是那種我放學後或放工後會去行的商場，就算沒有甚麼要買，都會專誠去行。曾幾何時，在荔枝角返工，出版社所在的工業大廈附近就有這麼一個商場。不過，那時候尚算有目的，裡邊有間漫畫舖我經常幫襯。就算之後轉了地方返工，每星期總會找一日，搭地鐵過去；直至有一天，去到，才發現執笠了。沒有任何先兆地執笠了。不似得現在，舖頭執笠，幾個月前已在 Facebook 預告，提醒大家趕緊去見最後一面。

今朝早趕去診所，胃痛，沒胃口，沒有食早餐；來到屯門碼頭後，胃部的痛楚突然消失了（就像那間毫無預兆執笠的漫畫舖），突然好肚餓。

在商場行來行去，食店不是沒有，但總是找不到一間想入去幫襯的。

行到一個角落位，本想折返，卻發現有間西餐廳——不是茶餐廳，是西餐廳，食扒的。

角落餐廳。這個名字，令我在沒有任何思慮下行入去。

細細的餐廳，大概只有二十多個座位。內裡只有一個中年侍應，他帶我坐在一個角落位（一個開在商場角落的餐廳的角落位），給我遞來一杯水和餐牌，午餐都是那些豬扒、牛扒、雞扒和蒜蓉汁、洋蔥汁、黑椒汁的配對題，拿不定主意，心想胃痛沒有了，加上真的肚餓，兼且難得偶然來到這麼一間位於角落的餐廳（並坐在店內一個角落位），想認真地食點甚麼。再看看餐牌，在牛扒一欄，看見「威靈頓牛柳」。

已經有一段時間沒有食威靈頓牛柳。大概十年前，在佐敦一間西餐廳第一次食，才知道原來有一道菜，是用酥皮包住牛柳，酥皮和牛柳之間還有一點點鵝肝醬和一塊火腿。

我向中年侍應說，一客威靈頓牛柳，他說等等，向廚房走過去，二十秒後，行到我面前，說沒問題，想要幾成熟？

「午飯時間不提供？」

「沒辦法，工夫比較多，況且這段時間會來幫襯的都是中學生，但反正現在未有客。」

「如果太麻煩，我可以叫其他。」

「沒所謂，師傅說照煮。」

侍應先送來羅宋湯和餐包。羅宋湯很濃，料很多；餐包熱熱的，我用刀在中間剒開，把牛油塞入去。食一口餐包，飲一啖湯。

胃終於有了一點充實感。

二十分鐘後，侍應把一碟放滿雜菜的威靈頓牛柳放在枱上。應該是剛才的羅宋湯和餐包引起我的食慾，即刻拎起刀和叉，切了一塊連著酥皮、火腿和鵝肝醬的牛柳，放入口。

陸陸續續有人入來，主要都是學生。讀中學，每天最期待的就是 lunch time，代表當日大部分課堂已上過，餘下的，只是三堂（到了夏令時間，lunch time 後只有兩堂）；當時的中學在瀝源邨，可以食午飯的選擇實在太多，最喜愛去蘭香閣，但蘭香閣也沒有提供這道威靈頓牛柳。

是出來返工後，有同事偶然知道我生日，說要請我食生日飯，帶我去了佐敦一間西餐廳，我才知道世界上存在了這一道威靈頓牛柳。禮尚往來，後來同事生日，我有請他食飯，他說他想去山林道一間日本餐廳食放題，我才知道世界上存在著這麼一種付出一個價錢就可以任食的日本料理。記得，我和他，兩個人，叫了四隻刺身船——其實到了第四隻刺身船根本已飽到無法傾偈。

轉工後，還有約他出來食飯，再後來，沒有了；幾年前聽行家講，他肺癌，捱不到幾個月就走了。他完全不食煙。

他是我前輩。剛剛在出版社返工，是由他帶我，他從來沒有用上司下屬的方式跟我相處，跟他變得投契，是因為一次閒談間，知道他跟我一樣，有去荃豐地庫那間位於角落的舖頭，他主要買日本 AV 女優寫真集，最喜愛的女優是白石瞳。

「這樣才好，你鍾意淺倉舞，我鍾意白石瞳，不用爭。」

他曾經這樣說。

###

餐廳內的人愈來愈多，侍應忙著落單送餐執枱。

是時候走了。埋單，給了二十元貼士。

行出角落（但仍然身處商場的角落），深呼吸，聞不到甚麼氣味，或許是因為氣味太複雜。

我跟自己說，有機會的話，一定再來幫襯。

離開商場，天氣很好。

行去屯門碼頭總站，上了一架輕鐵，不知目的地。

2016年5月14日 ｜ 荃豐中心商場

【她】

離開圓玄學院，不見有小巴；想搭的士，但當司機聽見我去荃灣地鐵站後，以不同理由拒絕接載。

算了，行落去吧。

路程不遠，只是不想行而已。

我不易出汗，但今天實在太翳熱，還未行到一半，額頭已在冒汗。

阿爸早就在這裡買了龕位，位置在阿媽旁邊。在這一點上我沒有給予意見或評論，這始終是阿爸意願。

即使阿媽未必想你在身邊，如果她想的話，就不會一早掉低你。

當阿爸後來知道阿媽住在荃豐，就在荃豐租了一個單位，帶我搬去住。

有用嗎？事實證明，沒有用，完全沒有用。

反正你現在已經永遠地在一個當日決心離你而去的人身邊，荃豐那個單位，再沒有任何意義。

今天就去交還鎖匙給業主。

應該短時間內不會再來荃豐，交還鎖匙後，去商場看看。

除了一樓入口的小食店和診所，這個商場沒有一間舖頭是我會幫襯的：開滿電子用品舖和遊戲店的地庫，基本上不會去，除了某晚趕忙要買手機殼；二樓，好似只上過去幾次，可能沒有太多人會上去，總有點陰森；一樓，算是最常經過了，但純粹經過，不會停留——尤其那條開滿時裝舖的走廊，我是在這裡住了好幾年後，才知道走廊的存在，某次，因為偶然跟著他，才跟他再行入去。

不知道他還有沒有看漫畫？

如果還有看漫畫，會去甚麼地方買漫畫？其實不用我擔心，香港不是只有阿爸開漫畫舖，很多地方很多商場都有漫畫舖，賣的漫畫數量和種類，比起阿爸在聯邦開的那一間更多更齊。

以前在荃豐有沒有漫畫舖？我不知道，其實我從來沒有認真行過這個商場——就算明明住在樓上，住了好多年，但一直都盡量避免行這個商場，原因有可能是，我怕遇見阿媽。

最怕遇見了，我認得她但她不認得我。

她消失的時候，我才五歲。

五歲，樣子未生定。

住在荃豐那麼多年，從來沒有在荃豐，甚或荃灣一帶被她遇見。不知是幸運抑或不幸。

沒所謂，不遇見更好。

###

或許太不想住在荃豐，甚至曾經一度憎恨起荃灣來。

的確，荃灣沒有任何一個地方是我不憎恨的：荃豐、連著荃豐的一列商場、荃灣花園、福來邨、大河道沙咀道那一邊、荃灣大會堂、荃灣碼頭……等等。聽過有人說，人對於自己居住的那個區域，或多或少，或淺或深，總會有點感情，但我對於荃灣，完全沒有感情。

這個地方讓我看見，一個人在感情上可以有幾懦弱。

我不想似阿爸，不想自己遺傳了這種懦弱，所以當日他說和我一起好悶，想分開，第二日，我把屋內所有屬於自己，由我去買的東西，執好，搬走，暫時放在同事租的迷你倉。那些他買給我的，我統統留低。

他有打電話給我，我不聽。

霎時間租不到地方，那天，回去荃豐住；阿爸沒有問甚麼，他知道就算問，我也不會回答，他太熟知我脾性，他說我這種脾性最似阿媽，我可不想似她，我還我，她還她。

我的房間維持同一個模樣。床單、被單、枕頭，跟我搬走時的仍然一樣，摸一摸，沒有塵，應該是阿爸有固定拎去洗。書櫃裡，還是擺著那些書：參考書、曾經流行的小說、漫畫，以及一本香港作家寫的小說，那個香港作家完全不出名，小說不是我買，是那個經常去阿爸舖頭買漫畫的人送的，他說這是他第一本自己獨力編輯的書，由最初找作者到傾談故事方向到之後排版和設計都有參與，想送一本給我留念。

我把書收下，同時問：「為甚麼不自己寫？」

他苦笑：「我沒有這方面的天分。能夠把別人的書編好，已經滿足。」

這本書我有揭開過嘗試看，但問心，不吸引——不是純粹吸引不到我，而是根本就吸引不到大部分人。不明白當初他是基於甚麼原因，專誠去找這個作者出書。

就算他把這本書編得再好，都幫不上甚麼。況且作者本就是他找回來的，不排除上司會要求他承擔銷量差的責任。

但其實由不得我去憂慮，這是他的事。

後來，他沒有再送由他編的書給我。

###

本來想在荃豐食下午茶，順道告別這個地方，問題是，沒有一間想幫襯。

有想過行天橋過去千色店那一邊，但同樣沒有一間舖頭是我想幫襯的。

沒有目的地，沿著荃灣地鐵站外面的露天通道向前行，轉左，經天橋，行去力生廣場，一個曾經在這裡買過不少翻版 CD 的地方，但已經好多年沒有入過去。今天也不想行入去。

落了天橋，行過去路德圍，突然下起雨來，我跑入一間從來沒有幫襯過的茶餐廳。

很討厭這個地方。

荃灣對我來說唯一的意義，大概是他曾經跟我約定：在我四十五歲生日那一天，約我在荃豐那一條開滿

boutique 的走廊見面。

是九年半後的事。他會記得嗎？

2016 年 5 月 14 日 ｜ 力生廣場

【他】

好翳熱，離開地鐵車廂，身處荃灣站月台，已經開始流汗。

約了一個公司新簽的作者在路德圍見面，傾新書宣傳。

早了十五分鐘到，於是行入力生廣場，涼冷氣。

冷氣太微弱，開了等於沒有開。

深呼吸，這裡有股汗臭味。

如果沒記錯——應該不會記錯，只來過這裡一次。

在 1998 年。收工，找地方食晚飯，不想幫襯出版社附近的食肆，於是搭地鐵，去荃灣。

到了荃灣站，往荃豐方向行過去，途經一間食上海麵的舖頭，裡頭坐滿人——就算有位也不會堂食，太大油煙，食一碗麵，已足以令全身沾上油煙味，所以只買了一塊蔥油餅，拎走食。等外賣時，刻意企在一個離舖頭有點遠的位置。

店員把一個放了蔥油餅的紙袋遞給我，接過來，找個較少人的位置，不用五分鐘就食完，雙手已沾滿油。唯有去綠楊坊的廁所洗手。

沒有行去荃豐，想去路德圍那一邊；行到去那條天橋的迴旋位，見到有條小天橋通往力生廣場，從來沒入過去，入去看看。

主要都是賣翻版 VCD 的舖頭。最高一層，有大半個範圍都是賣 AV 的，但我本身有幫襯開的舖頭，加上這裡可能通風不好，而每一間負責看舖的人都食煙，以致充斥了大股煙味——我不是怕煙味，出版社的同事上司都會在辦公室食煙，只是這裡的煙味實在太混濁。

其他樓層，開滿舖頭，但對我來說，都沒有甚麼值得看。由地下離開，行去路德圍食車仔麵。食完，在天橋出口的書報攤買了一本漫畫一本雜誌，搭 48X 返入沙田時可以看。

十八年後，力生再沒有賣翻版碟的舖頭，亦再沒有煙味，而只有一股汗味。不變是，依然沒有原因令我想留低。像十八年前，我再一次由地下離開。

行去路德圍的茶餐廳時突然下起大雨，我沒帶遮，唯有跑回力生裡避雨；這時候收到那個作者的訊息，他說好大雨，不如改在綠楊坊見面。

我答他沒問題。由力生行過去，沿途有瓦遮頭。

荃灣很多地方，都用天橋和商場貫通。這大概是荃灣最大的優點。

2014年11月7日 | 荃豐中心商場

【他】

有時候，會在某一天突然想去某地方，可能沒有原因，也可能有原因，只是一時間想不起來，又或之後回想才明白。

例如今日，11月7日，星期五。

食晏後，返到公司，總編輯找我，入到他房間，他把門關上。

他說，公司要精簡人手（我很討厭「精簡人手」這種形容），直接一點來說，要裁員，但他說，放心，我不在被裁的名單，至於留下來的員工，則要與公司共度時艱，減薪，大概是減兩成。

「如果我不想減人工？」

「那麼就可能要離開。」

「沒其他選擇？」

總編輯嘆了口氣，沒說甚麼。他那一句「那麼就可能要離開」中的「可能」，真正意思其實是「必須」。

「我揀離開。」

「你可以再想清楚。」

「我想得好清楚了。」

總編輯又嘆了口氣，說：「我跟人事部講。」

由入房到離開，五分鐘都沒有。

之後的時間，主要用來把手頭上的工作，交給留下來的同事，以及執拾，我從來都不會放甚麼東西在公司，連杯也沒有，平日飲水，都只是買樽裝水，飲完，就當水樽來用，用夠一星期就掉，到下星期一，再買另一樽。

要拎走的就只有辭典字典各一本。其實現在習慣了上網查，但這幾本，由入行時用到現在，似乎有點所謂紀念價值。

五點左右，去人事部，同事計算好遣散費和一個月代通知金，讓我核對，沒問題了，簽名，他說之後會把工作證明寄給我。

第三份編輯工作正式告終。歷時五年，編過十三本書，七本工具書，三本寫真集，三本旅遊書，開罪過兩個作者。小說？一本都沒有，總編輯說沒有市場，只會蝕本收場。

###

離開公司，就只拎住一個膠袋，袋裡面是那兩本辭典字典。

有同事說請我食晚飯，我說頭有點痛，遲一點再約他。不排除同事真的有心想陪我，但不需要了，本身已不算是朋友，現在連同事這個關係也失去。

又要找地方食晚飯。無論返工，抑或被遣散，都要找地方食晚飯。

其實沒有食慾，但又肚餓——意識上不想進食，生理上卻在發出是時候進食的訊息，好矛盾。

來到地鐵站，入了閘，應該搭哪一條線？往油塘方向？往金鐘方向？往荃灣方向？不知道，實在不知道。

只知道不想返屋企。

抑或看場戲？但沒甚麼電影想看。

在太子站，行出車廂，去對面月台，轉搭往荃灣方向的列車。

突然想去荃豐。

已經一年多沒去過。

以前有幫襯的舖頭都已不在，現在地庫那層除了賣電子電話和電腦用品，就只有賣 game 的，以及一些單憑望舖面也不會知道賣甚麼的舖頭。明明已經沒有地方值得去，但好奇怪，每次來到這裡，在那有點昏暗的燈光下，心都總會不期然靜下來，就像那些鍾意打機的，看著遊戲店的櫥窗，放滿了遊戲，已經快樂，這是我永遠都不能明白的快樂，原因不明，一直都對打機沒任何興趣，以前中學時，有跟同學去機舖，但純粹基於社交需要，事實上一直以來都只安靜地在旁邊看同學玩，後來，同學都沒再找我去機舖。或許是在那時候開始明白到，原來我未必需要朋友。

開始自己一個人，一個人去食晏，一個人放學，一個人去圖書館，借小說，甚麼小說都借，章回、武俠、科幻、推理、愛情，經典和不經典的，備受讚賞和不被讚賞的，好看和不好看的（總要看過才會知道好不好看）；總覺得，一個人能夠專心寫一本小說出來，已經是一件難得的事，可惜我沒這個才能，又或者，根本就沒有故事想講，但沒能力寫小說，也可以做一個從旁幫助出版小說的人。

那時候開始想到，將來或可以做編輯。

對將來沒有計劃，自小就沒有任何志願，作文堂要寫「我的志願」時提及的志願統統都是亂作的，編輯，成為我第一個真正的志願。

結果做到了。

得到了甚麼？至少得到一筆遣散費。

###

離開地庫，回到一樓，還沒想到要去的地方。

有點肚餓，在入口的小食店買了一串魚蛋，店員問要辣抑或不辣，本來是要不辣，竟然要了一串辣的，心知肚明，根本向來都食不到辣，一點點辣已足以令我無法忍受——試過陪同事去一間著名的咖喱牛腩飯店，我只要了小辣，已經令我一邊食一邊流汗，甚至哭出來，舌頭完全失去感覺，連飲了五杯冰水。

咬了一啖辣魚蛋，立即後悔，勉強吞下，把餘下的丟掉，走到斜對面的珍珠奶茶舖買了一杯凍仙草奶茶走甜。

近乎一口氣把那杯凍仙草奶茶飲完，總算驅走了辣魚蛋為口腔和舌頭帶來的灼痛。算了，食不到辣就是食不到辣，有些事情，無法改變就是無法改變，不會因為今天剛被公司遣散，人生就會從此得到某種始料不及的改變。

唯一的改變是，要找工作。

###

以前來荃豐，就只會停留在地庫和二樓（二樓曾經有一間模型舖），一樓對我來說，比較似是一條必經的通道，今天那麼特別，行行看看吧。

大都是 boutique，不知道有甚麼人會來幫襯，但既然有那麼多人選擇在這裡開舖，自然代表有生意。

行到一個以前不為意的角落，一直以為是掘頭路，但原來，裡頭還有一條走廊，走廊兩旁開滿 boutique。

與外面比較，這條走廊靜得有點超現實，明明是同一層，竟然有這麼大分別；但很多商場都會有這個情況，例如好運中心，最多人的是近沙田中心那一邊，最裡邊的走廊，人少得多，卻因為這樣，租較平，容得下一些模型舖玩具舖格仔舖。

荃豐一樓這條走廊的舖頭，都不是我會幫襯的，但我喜歡這裡。

深呼吸，竟然有一種熟悉的陌生氣味。

「你好。」有人在背後，拍我膊頭。

【她】

估不到會拍他膊頭。

剛才在小食店看見一個人買辣魚蛋，好面善，但記憶中，我認識的那個人從來不食辣，心想，應該認錯；看見那個人明明買了一串辣魚蛋，但只食了一粒，便面有難色（我只懂得這樣去形容），甚至將餘下的辣魚蛋掉入商場的垃圾桶裡，然後去小食店斜對面的珍珠奶茶店買珍珠奶茶一口氣飲完。

如無意外，應該是那個以前經常來阿爸漫畫舖買漫畫的客，但始終沒有見他十幾年，怕認錯——就算沒有認錯，也不代表甚麼，不排除他根本認不到我。

我跟著他，保持一段距離，一個他不會為意有人跟著自己，而我又能夠跟著他的距離。

因為跟著他，我只能看見他的背影，這個背影，很熟悉，熟悉得來，有點懷舊的感覺，讓我想起以前幫阿爸看舖，每當他買完漫畫離開，我總會看著這個背影。

估不到會再見到這個背影。

跟著他，他行去荃豐一樓一個角落，一個不是太多人會留意到的角落，裡面是一條走廊，走廊兩邊開的都是 boutique，住在這裡多年，自然知道這走廊的存在，但一直沒有行入去。有一次，在裡面某一間 boutique，見到阿媽，她在看舖，只是不知道她是老闆抑或打工，但都不重要，最重要是我既不想見到她，也不想她見到我。其實都那麼多年了，她未必認得我。

原來我是怕她認不到我。

從此以後我再沒有行入這條走廊。

但他竟然行入去，我跟自己說，算了，到此為止吧，但腳步仍然在跟著他。

再一次行入這條走廊，這條曾經讓我重遇阿媽的走廊。

他一直向前行，有時往兩邊舖頭望望，就像一般行商場的人，沒有明顯目的，沒有甚麼要買，純粹在消磨時間。

突然行上前，拍拍他膊頭說：「你好。」

他轉身過來，看著我，從他眼神，可以閱讀到兩個可能訊息：1. 他認不到我；2. 對於有人在這裡拍他膊頭這舉動有點驚訝。

「你……是不是以前經常去聯邦買漫畫的？」

他似是想說甚麼，但又不知如何開口。

「剛才見到你，覺得你好面善，希望我沒有認錯。」

「你是老闆女？」

沒想過他會用「老闆女」叫我。「舖頭一早執了。」我有沒有跟她說過自己名字？我記得有，他可能忘記了。

「我知道呀。」

「你仍然在荔枝角返工？」

「轉了工，好多年了。」

「仍是做編輯？」

「你竟然記得。」

「當然記得。」——這一句我沒說出口，只說：「可能那麼多年來就只識得一個人是做編輯。」

「你爸爸，近況如何？」

「還可以。」

「在甚麼地方開漫畫舖？」

「沒有了，人人都上網看，根本沒有人買漫畫。」我沒有詳細說爸爸近況，他也沒有追問。「你會來這裡？買衫給人？」我轉話題，事實上也真的想知道。

「沒有甚麼特別原因……只是收工後，不想返屋企，所以來了這裡，以前讀書時我也經常來荃豐。你呢？」

「我住樓上。」他聽到我說「我住樓上」這一句後，露出一個不敢相信的表情——只是一瞬間，但很清楚。

我說：「住了很多年。」

他說：「我間中就會來，但一直都遇不見。」

我根本就不會行這個商場，我好憎荃灣。但這些深層原因沒需要在這時候一一交代。

「我打算找地方食飯，你既然住這裡，有沒有心水？」

我從來都沒有在荃豐及荃豐一帶食飯。「我慣了自己煮飯。對不起。」我根本不煮飯，結了婚那幾年都只是勉強煮過幾次。

「不需要對不起……你食了飯？」

「未，準備返屋企煮。」

「那麼不阻你了，本來想和你一起食，難得見到。」

我笑了笑。

「我怕我記錯，如果我真的記錯，請原諒。」他頓了頓，再說：「今天是不是你生日？」

他竟然記得。反而我忘記了自己在甚麼時候跟他說。

「你竟然記得？」

「當然記得，你有年生日，我買了一份公司治去舖頭請你食，卻不小心把整份公司治倒在那疊新出版的《海虎》上。」

「你後來把整疊書買走。阿爸返到舖頭，還奇怪為甚麼那麼好賣，並跟發行說由下期開始要多些書。」

「生日快樂，你應該要返屋企慶祝，不阻你了。」

「多謝你。」

差不多了。是時候講再見。

我突然說：「如果未死，約你 2024 年 11 月 7 日在這裡見面，和我慶祝生日。」然後補充：「我是說如果我未死。」

有點奇怪的約定。十年後的事誰能保證。當日結婚，明明說過一生一世，結果五年也捱不過。

「好。如果未死，約你 2024 年 11 月 7 日在這裡見面，和你慶祝生日。希望到時我仍健在。方便給我你的手機號碼？之後可以 WhatsApp 聯絡。」他說。

「方便的，不過如無意外，我應該會在短期內轉號碼。」

他遞了一張卡片給我。「上面有我電話號碼。」

我接過卡片，看了看，他的職位是「高級編輯」。

「我沒做這間公司了。嚴格來說，公司裁員，我有份。」

我想說點甚麼安慰他，但不知說甚麼好。

「我沒事，還可以，本來就做得不開心。」

似乎大家都無話可說了。

「我要返屋企了。」

「好高興見到你。」

「Bye bye。」

「生日快樂。」

三十五歲生日。沒有開心不開心，但至少，我會記得——我也清楚記得五歲生日那一天，阿媽說落樓下麵包舖買生日蛋糕給我，但一直沒有返屋企。

從此我不想再過生日。別人過生日，會得到禮物；我過生日，總會失去一點甚麼。

所以我一定會送自己一份生日禮物。今年的禮物，是松原美紀的 CD *Pocket Park*，在網上訂回來，裡面收錄了〈真夜中のドア～ Stay With Me〉。剛好在今天寄到。

這首歌，和我同一年誕生。

2014 年 11 月 7 日 ｜ 葵涌廣場

【他】

離開荃豐，經天橋，過去對面千色店。

根本沒有需要去千色店，只是霎時間腦部似乎無法正常運作，唯有讓雙腳保持郁動。

沒計算錯的話，阿齡今天三十五歲——應該不會記錯，我大她四年，她的出生年份，1979 年。我唸中七時，她唸中三；第一次見到她，在學校圖書館，她是圖書館管理員，我本來不會去校內的圖書館，那天剛巧幫同學還書，為我辦理還書手續的正是她。

那一年，1994 年，她十五歲。

那是三月初某天，將近考 mock，考完 mock，開始放假，預備 A-level，所以在僅餘的日子，每一天都去圖書館，但總是遇不上她當值。

在千色店徘徊時，想起以前的事。這些事，以為已經不再記得，又或者乾脆忘記了，但這一刻，突然從大腦不知哪個地方不斷湧出來。

離開千色店，經天橋，回去荃豐，但來到門口，突然不敢行入去；行去地鐵站，途經那間食上海麵的舖頭，傳出油煙味。

上了車，沒有目的地，在車窗看見外面的葵涌廣場，落車，行過去，在地下那層的一間茶餐廳，隨意找了一個位置，坐下，侍應過來，擺低杯水。「公司三文治，凍奶茶走甜。」侍應說：「公司治要等耐一點。」我說：「沒所謂。」

中學時來過一次葵涌廣場，忘記了甚麼原因，和一個同學一齊來，也忘記了在商場裡做了甚麼，只記得在一間連鎖快餐店，各自點了一個下午茶茶餐，食完，搭巴士返沙田。我甚至忘記了那個同學的樣子和名字。

很多人很多傳媒都讚頌葵涌廣場，讚頌這裡多舖頭多食店，但我從來沒想過要來，這一晚，見到阿齡後，卻恍如喪失了個人意志，來到這裡。

十五分鐘後，侍應將一碟公司三文治放在枱上。很典型的公司治，有煙肉有火腿有煎蛋有番茄有生菜有芝士有沙律醬還有一塊煎香了的雞肉，兼且擺放得很整齊整潔，每一種材料，都妥貼地藏在烘好了的麵包裡，沒有凸半點出來。

大啖咬一口，味道也是典型的——典型，不代表有問題，反而代表符合大眾最基本的要求。

被遣散後的第一餐，食飽了，沒有驚喜，也沒有失望。

反正明天不需要返工，不需要早起，在這裡行行吧。

行了一會，我想我明白自己不想來的原因——太混亂，每一層都有太多舖頭，而每一間舖頭賣的東西都不同，單是行一層，已令雙眼很攰。但這麼一種視覺疲勞，可以構成一種風格，是其他新式商場都沒有的美學風格，畢竟新型商場要求的是整潔，每間舖頭，都要守規矩。

在葵廣，可沒有這種規矩。

一直往上行。行到某一層，隨意地行，在最邊緣的一條較少人的通道，有間細小的漫畫舖，未閂門，老闆是個伯伯。我買了兩本一期完的伊藤潤二漫畫。伯伯說了聲多謝。

自從阿齡爸爸那間漫畫舖沒再經營，已經沒有了買漫畫來看的習慣。當然，可以問人借來看，又或者上網看，但我就是習慣了拎住一本自己買的，有重量的漫畫來看。難得看見在信和以外的商場還有漫畫舖，就買兩本，當作支持。

下一次再來葵廣，不知道會不會仍見到這間漫畫舖在開門營業。

不知道阿齡會不會找我？有點後悔，應該無論如何都要她留個聯絡方法給我。

2013年12月24日 | 翠屏商場

【她】

有些地方，從來沒想過會去。

卻又偶然地，或注定地，會去，甚至住下來。

大埔，就只在考A-level時去過一次，其中一科的試場，安排在一間位於大埔的中學，看地圖，算是接近大埔墟火車站，大可以行過去，不需要搭那些去大埔市中心的巴士；但始終不熟路，考試前一星期，已經去過一次，清楚知道由火車站行去試場需要多少時間。

考完，離開試場，行去火車站，心想將來都應該不會再來大埔了。

想不到結婚後會住在大埔，兼且是市中心。

單位是他的家人留給他——其實我也不知是他家人買給他？抑或留給他？兩種情況存在著不同，但無論如何，同樣代表了：他是業主。

所以結婚前已先解決了一個重大問題。

他自小就住大埔，在大埔成長，在大埔讀小學中學，就連工作，也在大埔——在家人開的茶餐廳，做太子爺——這個形容沒有貶義，事實上，茶餐廳由水吧師傅到廚房大廚到樓面伙記，都一律叫他做太子爺。他亦習慣了這個稱呼。

他的一生，如無意外，都在大埔。

當我以為自己自從考完那一科後就不會再去大埔，偶然地，或注定地，因為工作，而要再去大埔。

並且去了他做太子爺的那間茶餐廳。

###

翠屏商場給我的最深印象就是那陣跌打藥酒味。

有些新開的商場，會找來專業的人，為商場設計氣味，務求用某種氣味作為商場特點，讓來過商場的人記住。單從這一點來看，翠屏堪稱先驅。

對於這種跌打藥酒味我談不上喜愛，但也不抗拒。

商場的租戶，有不少都是跌打師傅。我自然不知道為甚麼他們都揀在這裡開跌打舖，不怕比較的嗎？不過，情況或許就像某些商業大廈，一整幢都開滿西醫診所。

自從住在大埔市中心，近乎每天都會經過這

裡——返工時要去附近的巴士總站，收工後，就去茶餐廳找他，方便起見，晚飯通常也在他的茶餐廳食。對於食我不講究，也不怕悶，一星期七餐晚飯都在同一個地方食我完全沒問題，所以別問我他的茶餐廳水準如何，我回答不來，但見每一晚都有街坊來幫襯，每晚座位都坐滿八成，應該有一定水準吧。

唯一要批評的是，那裡的公司三文治很麻麻。

還是以前聯邦廣場對面茶餐廳的公司治最好。

###

星期一至五朝早，由大埔市中心出九龍，到化驗所返工，要轉幾次車，但總算適應了。適應一件事，純屬時間問題。

他說，朝早迫車出九龍那麼辛苦，不如他打本，在翠屏租個舖位，讓我做生意。我說，搭車返工不辛苦，而且每天可以暫且遠離一下居住的地方，這樣生活才不會變悶。

「這樣生活才不會悶」這一句似乎令他不滿。

他以自己為例，一直以來都留在大埔，返學返工做任何事，都在大埔的範圍之內完成，但從來都不覺得悶，甚至相信以後都不會悶。

是的，當日就連擺酒，都是揀了一間大埔市中心的酒樓。

他說完了，我沒有反駁他，也沒有為自己的選擇申辯——根本不存在反駁和申辯的需要，畢竟每一個人對於悶都有不同的觀感。

但他似乎對我沒有附和他而不滿，更加不滿。

後來回想，他有不滿也是情有可原，他一直生活的大埔，就是一個永遠只會有人附和他的世界。

###

這天行入翠屏商場，如常立即聞到跌打藥酒味。

如果當日附和他，由他打本，在這裡租個鋪位，那麼，我應該做甚麼生意？

不似大埔超級城，這裡和隔籬的昌運中心商場相同，是一個只有街坊才會來幫襯的商場，只要開的鋪頭符合街坊某種需要，總會做到生意，但生意額應該不會太大；開了鋪的話，大多數時間相信都是在看舖，情況較似在過日辰，你不會想方設法去增加生意額，因為就算你機關算盡，生意額一早就在某程度上決定了。好似某個在這裡開漫畫舖的，經常在社交媒體做宣傳，結果他仍需要出去打散工賺錢交租入貨。

在這裡開舖，就好似打份工，那個人，為了維持一份工而再去打多份工。

打份工，只做好應做的事，不做額外的事，也不去想方法令自己升職，安安穩穩，務求用過日辰的方式返工，等月尾出一份固定了的糧。

唯一的分別可能是：返工要面對上司同事，會受氣，在翠屏開舖，自己話事，但不排除要忍受無理的客人，尤其當客人主要是街坊，自然會衍生另一種麻煩來。

我終於想通了，想通了為甚麼當日不附和他，為甚麼不接納由他打本給我在這裡開舖的好意。

是時候離開了。這是我最後一次聞到這種跌打藥酒味。

充滿跌打藥酒味的平安夜。

###

從來不覺得大埔悶的他，某一晚，由茶餐廳返來，沖完涼開口說：覺得跟我一起生活好悶。

沒有傷心，有點詫異，和想笑。

今年聖誕終於不在大埔度過。

別誤會，我對這一區，不存在怨懟。

臨走，忍不住行過去昌運，買了一底雞蛋仔。

如果代表翠屏的氣味是跌打藥酒，代表昌運的，則是雞蛋仔。

要去電訊公司買一張新的電話卡，舊的號碼，留下太多他傳來的訊息，既然關係結束了，那些語句已沒有留下來的需要。

2013年5月21日 ｜ 紅磡廣場

【他】

望上天，天色好差，即將落大雨。

中午時分的紅磡，比想像中多人，馬頭圍道兩邊都是行人。

從正門行入紅磡廣場，比想像中少人——通常連接外面大街的一層都會比較旺，但這裡卻疏疏落落的，人似乎寧願留在外面，也不願行入來。

少來紅磡，應該只來過兩次，一次去找人，一次去送殯，都是搭火車去紅磡站，再由火車站行落去。

後來才知道我住的地方，有巴士先經土瓜灣，再去紅磡，但這個地方，嚴格來說，與我的工作和生活無關，這條巴士路線，亦與我無關。

直到今日才第一次搭巴士去紅磡。一位前輩在紅磡廣場租了個舖位，買賣二手書；我當日能夠入行，就是因為他肯給我機會。

他的舖頭在二樓。他有把舖的號碼給我，我第一次來，不熟路，加上這個商場面積的確有點大，找了一會才找到。

「你應該未食晏吧？」他說。

我的確未食，亦的確有點餓。

「跟我來，先去食雞髀飯。」

他帶我由二樓，搭電梯，落地庫，行到角落，有一間類似過去那種港式快餐店的舖頭。「這裡的炸雞髀飯好正，我幫你叫碟，沒問題？」

我沒所謂。也有一段時間沒有食生炸雞髀，外面很多舖頭都不提供，嫌煩，有一些仍然有提供的，會蘸上炸漿來炸，我最憎。

等待期間，他問我近況，我就簡單交代一下——其實只能簡單交代，想講得複雜一點都有困難，畢竟編輯的工作，每天差不多，公司也不會將重要的作者和書交給我去跟。

「趁還有人肯出版實體書，有得編就編。」他經常說，實體事物只會不斷減少，人只會愈來愈唾棄實體的東西。「除了炸雞髀。我幻想不到一隻非實體的炸雞髀。」

十五分鐘後，我們面前各自都有一碟炸雞髀飯。我飲凍奶茶，他飲可樂，他總是飲可樂。

「你知不知道，為甚麼我鍾意這裡的炸雞髀？因為有炸雞髀應有的味道，剛剛好，不多不少，不會額外加一點多餘的調味，亦不會缺少一些必備的東西，就好似，一本編得好的書。」

我笑了笑，沒說甚麼。這是他一向以來的主張，我固然認同，只是在今時今日，可能會被認為舊派，或不合時宜。

一個編輯，工作也不再只是編書，還要去管理社交媒體。

我嘗試轉換話題：「生意好嗎？」

「簡直稱得上差。這個商場好少人行。」

「不租其他地方？」

「這裡租平，又不過問我做甚麼生意。這個商場好多舖頭都好似在做蝕本生意。」

「去打份工還比較好吧。」

「不會有人肯請。留在屋企又悶，不如找點細藝，在這一類商場租個舖位做小生意，過下日辰。」

「你口吻好似做地產。」

###

食完雞髀飯，和他返去舖頭，商場的人流仍是差不多。

「好鍾意這裡的地磚，令我想起從前的香港。」

一直沒有留意地下——行商場，誰會留意地下？自然是留意有甚麼舖頭。這裡的地下，全都鋪上啡黃色的磚，牆身也一樣。

他沒有明確說明「從前的香港」中的「從前」是指哪段時間，也沒有詳細解釋「從前的香港」所指的是甚麼，風景？社會？抑或人情？

他的舖堆滿了書，但相當整潔，不像某些賣二手書的舖頭，把書亂放，封面又鋪滿塵。

他說，這裡的書，九成都是他自己的。

「我怕自己猝死後，等到傳出屍臭，有人撞門入屋時，發現屍水已經浸濕浸臭了屋裡的書。自己的書，不想麻煩別人為我處理。」

曾經上過他屋企，的確每一個地方都放滿書，就連廁所都有。

「這些書有人會買？」

「當然有。前日朝早一開舖，就有個後生仔來買了一套《史記》，他說他讀歷史系。」

「一套二手《史記》賣幾多錢？」

「我給了他一個學生特惠價，只收了兩張二十蚊紙。」

「除了《史記》，還賣了甚麼？」

「截至目前為止，沒有。」

「你估計等到幾時才能賣清這裡的書？」

「無法估計的事，就不要估計。」

這一句「無法估計的事，就不要估計」他以前經常說，例如每逢被老闆問到某個新作者的書估計可以賣幾多的時候。

又例如當日我第一本獨力去編的小說出版前，我也有問他相同問題，他吸了一口煙，邊呼著煙邊說：「無法估計的事，就不要估計。」

那時候，辦公室還可以食煙，他總是煙駁煙，一天至少兩包煙，但大部分時間只是把煙點著，拎住，就算這樣，每次入去他的房，時間再短都好，全身都必定有煙味。

今天，由見到他到現時為止，都沒見他食煙或點煙，在他身旁也聞不到有煙味。

「你戒了煙？」

「不應用『戒』，『戒』總像是因為一件事有問題，以致明白到道德上不應繼續；我從來不覺得食煙有甚麼問題，純粹是某一天，突然發覺，食不出煙的味道，覺得這樣下去毫無意義，索性不食。」

「你以前一日兩包，至少。」

「現在是一日兩隻炸髀。以前從來都不吃，你知道的，以前食晏我不是叫廈門炒米就是西炒飯，下午茶也只會食鮮油多或西多士。估不到來了這裡開舖後，徹底地變了，日日都要食炸雞髀。」

每日食兩包煙比較不健康？抑或每日食兩隻炸雞髀更加不健康？這不是我能夠解答的。

我也沒資格代他去揀。

不過，的確希望他可以健康愉快地活下去，盡可能長命一點，畢竟我仍然想見到他。

###

離開時，他讓我在店裡隨意拎走一本書，不收錢。

揀了一本舊版《生命中不能承受的輕》，好新淨，封面沒摺痕，書頁沒變黃。當日是他推介我去看米蘭昆德拉的書，他最喜愛《笑忘書》，我也愛這一本，但更喜愛後來的《不朽》。

落地庫，打算買隻炸雞髀請他食，當買書的錢。

經過一個書籍散貨場，忍不住，看了看，竟然讓我看見某一本幾年前由我編的書，某個名人的專欄結集，編的過程絕對不愉快，但不愉快還不愉快，公司有出糧，我就要接受這份不愉快。這一點，我一早明白。

這本結集，售價港幣一百五十，現在散貨價，十元正。

但不代表我會因此而變得愉快。

離開商場，天終於開始下雨。

2013年4月17日 | 恆豐中心 & 運通商場

【她】

收工，但不想立即返大埔。

從來沒有行街的癮，與其漫無目的地在街上和商場留連，寧願找個地方好好坐低；但與其留在外面而又沒有特定目的，我通常都會儘快返屋企。

不過，剛才收工，腦袋突然浮現一個念頭，一個過去沒有的念頭：不想立即返大埔。

如果返大埔，落了巴士，就自自然然去他的茶餐廳，先和他一起食晚飯（同時聽他當天在茶餐廳的見聞），食完，他留在茶餐廳，我返屋企，換衫沖涼。

今天卻突然不想立即返大埔，不想去他的茶餐廳，不想和他一起食晚飯（同時聽他當天的茶餐廳見聞），不想返屋企。

我 send 了個訊息：「之前忘了說，今晚要和同事食生日飯，不用等我，會夜一點返。」五分鐘後，他 send 來一個「OK」的 emoji——這是一個他經常使用的

emoji，粗略估計，我收過他 send 來的「OK」emoji 應該有幾千個。

「我今天頭有點痛。」——OK

「阿爸生日，我代你給了他一封利是。」——OK

「今晚碟通菜炒得太鹹。」——OK

「提你明天要去取藥。」——OK

「今天銀行打電話來，說我張信用卡被盜用。」——OK

他這個「OK」的 emoji，能為他應付所有情況。

或許，對他來說，他自小在大埔追求的也是一種「OK」的生活狀態。

讀書時得到一個「OK」的成績。長大後有一間生意額「OK」的茶餐廳。偶然地娶了一個「OK」的人。然後有一段「OK」的婚姻。再等時機，有一個「OK」的子女。

唯獨最後一點我無法配合他。

###

工作的化驗所，在油麻地和佐敦之間——這裡其實屬於油麻地？抑或佐敦？一直不清楚。

在化驗所返工很多年，但完全談不上熟悉這一帶。

每日我都在固定的地方落車，食早餐，食晏；放工後，就在固定地方搭車返大埔。

化驗所在北海街一幢大廈。落了樓，行出彌敦道，往佐敦方向行。傍晚時分，人不算多。因為從來沒有行過這裡，從來沒留意有甚麼舖頭，只記得有一間大型電器地舖，已經沒有開門營業，但舖一直在，在雲石牆身上，仍殘留著店名招牌的痕跡。

愈近佐敦道，愈多人。經馬路行過對面街，大廈樓上如無意外是一間健身室，竟有個大隻佬招牌在大廈牆外。

繼續前行，行到恆豐——當然認得這裡，中六那年，曾經跟同學來到這裡，買過一對 Dr. Martens，用補習賺來的錢買的，一直好想擁有，買了後，第二日立即著住返學，才發現好刮腳，到了小息，雙腳已被磨出血。忍了一日痛，返到屋企，即刻脫掉。

但替人補習了幾個月才買到，沒可能不著，不甘心，第二日，在雙腳傷口貼上兩塊膠布，終於可以如常地行走。

那雙 Dr. Martens 我由中六著到大學 Year 2。

那天去恆豐買完 Dr. Martens，同學帶住我，每層看一遍，好多舖頭，好多賣衫褲賣配飾的舖頭，不捨得走。

那些舖頭都已不在，又抑或，其實仍然存在？只是我實在太長時間沒有來而認不到？

當年來這裡買 Dr. Martens，是平日傍晚，商場裡好多人，好多都是年輕的人；今天再來到這裡，平日傍晚，人不多，都是中年人。我也是中年人。

我不懂建築，但無論是當年第一次來，抑或現在，都覺得這裡的設計好特別，但特別不代表甚麼，至少不代表現在仍能夠作為招徠。Dr. Martens 可以繼續流行，但恆豐看來已沒有這個可能。

我由頂層開始行，一直行到去地庫。有人曾經說這裡是死場，我不認同，至少這裡的舖頭絕大部分都有租出去，亦有開舖，有人會來。如果連恆豐也算死場，聯邦又算甚麼？

原來有間 CD 舖——不只賣 CD，還有賣影碟，我有聽歌，但不多，電影？近乎沒有看，每一年大概只會看一齣起兩齣止。

店內共有四名店員，其中一個相信是老闆，我行到店內每一個位置，都會有人向我介紹有甚麼新出品。我決定無論如何也買一隻碟，不是因為他們服務殷勤，而是有種預感，這間 CD 舖不久將來會無法經營下去。我不是黑心。

最後買了中森明菜一張精選 CD，還買了去年那齣《鐵金剛》電影的藍光碟。記得他之前說過想買。

「多謝，有時間再來。」老闆笑著說。

離開恆豐，行到柯士甸道，好多人好多車，好煩躁；經過一檔賣雞蛋仔的，突然想買來食，但太多人排隊，算了。

到了山林道。

和他有時會來，他會幫襯這裡一間食 shabu shabu 的舖頭，這大概是唯一一個令他願意離開大埔的原因。

是不是錯覺？這條街似乎比以前靜，以前入夜後，總會有人在不同的食肆外排隊，車泊滿兩邊。但現在，只有一兩間舖頭門外有人等位。或許到了星期六晚上會多一點人吧。

記憶中，以前最多人排隊的，是一間叫「北酒場」的，專門提供日式放題，他曾經說有機會要試試；這一晚，卻找來找去都找不到這間舖，或許已經執笠。這麼好生意都要執笠。

那間食 shabu shabu 的舖頭位置，大概在山林道中間，以前每一次來，都不會行入山林道較裡邊的地方。他不鍾意行街或散步，甚至稱得上討厭任何需要郁動雙腳的活動，每次埋單前，他都會先 call 相熟的士司機，務求埋單後，離開舖頭，不用一分鐘就上到的士。

對我來說，shabu shabu 舖頭打後的山林道，充滿未知。

這一晚決定行到山林道最盡頭看看。有沒有原因？沒有原因。如果一定要我交出一個原因，那麼，當我好奇吧。

盡頭原來是一間酒店，從外面看，裝潢有點俗氣。

吸引我的反而是酒店對面的一個商場。

明明來過山林道食多次 shabu shabu，竟然都不知道原來這條街的盡頭有個運通商場。沿樓梯上一樓，除了一間髮廊，全部舖頭都關了門，當中有不少從外面看，根本無法估到是做甚麼生意。不計髮廊的髮型師和客人，這一層，只有我。在商場行了一圈才見到，原來有部客𨋢。

沿樓梯上二樓，情況跟一樓相同，所有舖頭都關了門，但至少有一些，你會清楚知道賣甚麼，例如有一間賣玩具積木，有一間是賣酒，有一間是賣衫，這樣組合，很隨意，不似得那些有規模的大型商場，會將舖頭種類仔細劃分，在賣衫的範圍，你一定不會買到酒；

在賣玩具的範圍，則一定買不到衫，而且肯定不容許商戶在晚上七時左右就閂舖。一個商場，要有舖頭開門營業，才稱職，才能發揮商場的應有功能。

反觀這裡，簡直是無政府狀態。

突然幻想：如果在運通開舖，我會從事甚麼生意？想來想去想不到，似乎在這裡從事任何生意都注定不會有生意。但很奇怪，我有點喜歡這個商場，或許之後找一個還有陽光的時間，再來看看。

離開運通，本來應該行出山林道口，但原來在酒店旁，有條下行的樓梯，基於好奇，沿樓梯行落去看看，在樓梯中段，竟然開了一間西餐廳，往裡邊看，一個客都沒有。我不打算成為第一個顧客，繼續沿樓梯下行，下面有路，有行人路有行車路，原來是柯士甸路。轉右，繼續行，身旁有不少食肆，肚餓了，但選擇太多，一時間不知揀哪一間好。

但有一點倒很清晰：在這裡活了幾十年，有好多地方原來我都未去過——有一些明明去過，偏偏從來沒有認真看過。

2013年3月8日 | 南洋中心

【他】

中學同學聚會，約了在尖東食日式放題。

如果不是應承了出席，找不到原因來尖東。

以前反而有原因，主要是平安夜來看燈飾——看燈飾只是藉口，玩通宵的藉口，在尖東玩通宵的其中一個必備項目是在華懋，看子夜場。

愈夜愈快樂。在某個特定年齡總會這樣想。

現在少來（甚或不來）尖東，是嫌不就腳，痲煩，但其實和以前一樣，來尖東的方法同樣是搭火車，去到紅磡站，行天橋過來，途經理工大學，當時不覺得痲煩，現在卻覺得痲煩。

這一天我是搭的士過來，華懋落。落了的士，經過一個大型書報攤，有隻貓躺在報紙上，有人用手機影貓。書報攤對面是夜總會遺址，有一年，來看燈飾路過時，有個同學說將來自己做了大富豪時定必帶我們入去大肆慶祝，他請客。當時的我其實有點尷尬。

後來，聽說那同學做股票買賣，好景時，半個交易日，已經賺了我做兩年編輯的人工，但他可能太忙，忘了找我們這班舊同學慶祝。

而不知幸或不幸，夜總會已經沒再經營。

來到廣場，人不多不少。不知這些人是收工正在離開抑或是專誠前來。

我就是專誠前來，更比約定的時間早來，早了大半小時。

唯有行一行商場。先去半島中心——食放題的餐廳在南洋中心，等到差不多約定的時間才過去。

如果一個地方真的會在無形中展示年代風格特色，那麼半島中心所展示的，就是上世紀八十年代。我沒讀過任何建築的課程，但編過一本由大學建築系教授寫的書，聽過他對幾個不同年代商場建築風格的簡單說明。半島中心設有一個中庭，商場每一層的走廊，圍繞住中庭。除了電梯和樓梯，裡面還有子彈䡴——一種讓你在搭䡴時可以透過玻璃看見中庭和商場的䡴。

商場很大，但除了我，就只有一個保安，而保安對於我的存在，似乎有點詫異——他可能認為，這個時候除了他，不應該有其他人出現在這裡。

我向他點點頭——根本不需要有這麼一個舉動，

這是一個只會令他覺得我更古怪的舉動。

子彈粒關了，但電梯有開，我上了一樓，一樓和地下沒分別，都是一片死寂。沒有舖頭開門營業，沒有人來行商場——除了我。

深呼吸，恍如聞到一種在幾十年前就留下來的古舊氣味。

還有時間，順便行了幾個商場，好時中心、帝國中心、尖沙咀中心，入到去每一個商場我都照樣深呼吸，氣味跟半島中心相同。

我可以想像一個沒有人的商場，卻難以想像同一個區域的多個商場都沒有人，但商場外，明明仍然有人，他們恍如共同計劃好，不打算行入去。我不明白。

這些沒有人的商場，一直存在，一直以一種空蕩的姿態存在。

而這種存在狀況是得到默許的。

沒有人想過去改變。

不改變，可能也有好處，讓這裡自然地成為了某個年代的巨大展覽廳。

###

差不多夠鐘要過去南洋中心。

餐廳在商場 UG 樓層。商場燈光有點昏暗，我喜歡這種昏暗，現在的商場都太光猛，令我們把一切都看得太清楚。

餐廳裡除了我們這一枱，就只有一對情侶，即使聽不到他們對話，但看女方臉色，似乎在埋怨，埋怨男友帶她來這裡。

我們倒沒所謂，反正都是為了食和傾偈。話題方面，都是那一些，先談近況，近況交代完，就談過去，而每一次談及的過去都幾乎相同。這聚會，由 2000 年開始，最初是半年一次，後來變成九個月一次，再後來，一年一度，沒辦法，當中不少人工作愈來愈忙，加上有了家庭。

參與的人也不斷減少。2000 年那一次，有十六人，約在會展食自助餐，坐了一張長枱；到現在，合共六人。如無意外，其餘那十個都不會再出現——在 WhatsApp 群組夾時間，他們不是一直說沒時間，就是乾脆不回應。沒辦法。明白的。

我有問過自己，是不是很渴望參與？絕對談不上，但心想，一年才見一次，沒所謂吧。

我們同級，都在同一年出生，換言之，大家都將近四十歲。中一認識的時候，才十一、二歲。大家曾經各自擁有過一些所謂夢想，到頭來，大家只能各自以不同的平凡方式活著，確保穩定，務求盡量在自己控制範圍之內。夢想？並不在自己控制範圍之內。每當說到近況，都是用一句「無穿無爛」做總結。

這句「無穿無爛」，可以包含好多意思：有工返的仍然有工返，做生意的仍然有錢賺，結了婚的未離婚，生了子女的有學校肯收。

對於我？意思大概是仍然有書給我編。

大家無穿無爛，一年見一次面，確保別來無恙。

活了那麼多年，原來就是為了無穿無爛。

侍應遞來第四碟刺身拼盤時，一個由讀書到現在都未瘦過的同學對我說：「記得你中七時暗戀過一個師妹，聽你講過，是做 librarian 的，我早幾日，在荃灣那個荃豐中心見到她。」

同學們突然都對這個話題產生興趣——「你有暗戀過師妹？從來沒聽你說。」「有沒有影到相？」「現在都三十幾歲了……」

他竟然會記得，實在估不到，畢竟讀書時每逢需要背誦的科目，他的表現都很差，他總是鬧自己沒記性，背來背去都記不到。

卻反而立即認到她——正因為記住了，才能夠認到她（當然這一刻我無法驗證他有沒有認錯，他的記憶是否可靠）。

「你肯定是她？」我問同學。

同學說：「肯定！」

「但你記性出了名差。」另一個同學說。

「記中史西史年份和元素表當然差，但記人樣，我敢保證自己好過你們。」他說。

自從她爸爸在聯邦廣場的漫畫舖執笠後，就再沒有見過她。

不單是荔枝角，在香港九龍新界甚至離島總之任何地方都沒有見過她。

都很多年了，有十年了吧。

如果有機會遇見，我會認得到她嗎？

而她又會不會認得到我？

人的樣子可不似得尖東的商場，不會變。

2010年7月15日　聯合廣場

【她】

在金都商場一樓一間舖頭揀裙褂。

舖頭是他茶餐廳一個熟客開的。當她知道我們結婚，很興奮，甚至比我更加興奮。

她總是說自己看著他長大，當他是自己生一樣，又戥我高興，嫁到一個好男人。

放工，在彌敦道上了一架巴士，直接來到金都；我第一次來，事實上也理所當然，若果不是結婚，實在不需要來這裡。

對結婚再沒幻想，總曾想過有朝一日會結婚，只是沒想像過會和他結婚。一個在大埔某個屋苑商場開茶餐廳的人，穩穩陣陣，沒甚麼嗜好，感覺有點悶。

他當日介紹自己時也說：「我份人好悶。」

「悶人好過壞人。」她拎一件裙褂給我看時說。她住大埔，每朝都去他的茶餐廳食早餐，A餐火腿通粉雙太陽蛋走包茶走，每朝一樣，風雨不改。我有時會想，是她本身份人長情，太愛食他茶餐廳的早餐？抑或是對他長情？

「嫁個壞人，就會似我。」她在整理裙褂上一個細微裝飾時說。

我沒有追問，亦不想知道，唯有扮作正細心看裙褂。

「出面玩女人，返去屋企就打自己女人。估不到這麼俗套的不幸遭遇會給我遇上。嫁之前都有人勸我，先揀清楚，但我不聽，還信自己眼光不會揀錯人。」她笑了笑，又說：「不過我幫人揀裙褂的眼光好好。」

###

離開金都時已接近八點。

先在附近找個地方食晚飯。金都樓下，向前行幾步，有間西餐廳，裡面好黑，從外面近乎完全看不到舖內環境，不理了，推門入內，立即傳來只有鐵板餐才有的氣味，我不想自己之後一身鐵板餐味，閂門離開。

過馬路去對面的始創中心，始創後面一條街有很多食肆，我隨意走入一間粉麵舖，要了一碗牛筋腩麵一碟通菜，味道正常，而且至少食完後，身上不會沾滿牛筋腩味。

粉麵舖行前幾步，是一間賣燉鮮奶和燉蛋的舖頭，我想也不想便行入去，先食了一碗燉鮮奶，未夠，再要了一碗燉蛋。食到餘下三分一碗燉蛋時已經好飽，但又忍不到口，把餘下的照揮入口。

埋單，離開，看見斜對面的聯合廣場。

阿爸以前帶過我去聯合，去裡面二樓一間漫畫舖，老闆是阿爸舊同學，阿爸當日開舖，這個舊同學幫他不少，教他怎樣入貨，讓他知道哪些漫畫家在香港受歡迎，有哪些漫畫家的作品盡量不要入等等。

跟阿爸不同，那個舊同學是真真正正的漫畫迷，曾經想入行，但父母反對，他亦明白自己只是鍾意畫公仔，但不懂得用公仔說故事，於是出來工作，儲了一筆錢，決定開漫畫舖，心想就算賣不出，自己也可以看。

但到了漫畫開始賣不出，生意愈來愈少，他明白到無法再守落去。

唯有放棄。他跟阿爸說，生意愈來愈難做，大部分人買漫畫都只去信和，會來聯合買的，習慣了只會幫襯一樓樓梯附近那一間。

一樓與二樓，生意額差別原來可以好大。

以前，來過聯合廣場幾次，都好旺，但這一晚，好少人，因為是星期四晚？我不知道。有一些商場，不論任何一晚都旺，分別是旺的程度而已。又例如聯邦，不論任何一晚，都好靜，分別是靜的程度而已。

原來聯合都已變成這樣，但至少，仍然比聯邦最旺場的時候多人。

記得以前這裡除了 boutique，還有模型舖玩具舖，來的人都偏向後生，現在呢，一直和我擦身而過的，都是中年人，而且大都是中年女人。

上去二樓，人更加少。很多舖頭都有開門，但裡面都沒有客，只有老闆自己或店員。

我自然有去過阿爸舊同學提及的那間漫畫舖，這一晚來到，才知道，原來已經執笠，變成了一間 boutique。

為甚麼一個商場能夠容納這麼多 boutique？為甚麼那麼多人會去租個舖位開 boutique？這是我經常會想到的兩個問題，但從來想不出答案，就算有答案，與我人生亦沒有任何關係。

唯一知道的是，如果阿媽不是在荃豐開 boutique，阿爸就不會帶我搬去荃豐住。

搬到去，其實代表甚麼？

給你再見到那個女人，其實又代表甚麼？

多餘。很多商場的 boutique，根本多餘。

多餘，就是不需要存在。

阿媽某一天，突然發現，阿爸對她的生活是多餘的，她的生活不需要這個男人這頭家，所以才選擇離開。

阿爸在一個他一直放不低的人心裡，早就變成了一個多餘的人，既然是多餘的人，無論做甚麼，都注定是多餘的，不必要的，不會被欣賞的。偏偏他還是繼續去做多餘的事，作出多餘的思念。

而因為阿爸才會生下的我，自然也是個多餘的人。

我絕對不會乞求她的認同，對我來說，她也是個多餘的人。

這是我唯一能夠想得出而又做得到的報復方式。

###

落到地下，估不到，那間機舖還在。

對打機從來都不感興趣，但聯合廣場地下這間機舖，就一直都好想入去，看一看。你問我原因？我也不知道。

推門入去。

好昏暗，有陣散不去的煙味。以前在外面看，一直以為這裡面積很大，但原來不算大，有點侷促。人不算多，但若果以密度去計，肯定比起上面兩層高。

沒有人理我，即使有人望望我，但望了兩眼，就重新專注在電子屏幕上。

以前在外面看見入去打機的都是年輕的人，現在，一個比較年輕的，我都見不到。

當商場的舖頭不斷更換，不斷換租客，唯獨這間機舖一直都在。

它不是多餘的存在。

2009年7月15日 | 金源商場

【他】

金融海嘯是去年的事，真正影響，在這一年才陸續出現。

有天，和資歷比我深的同事食晏，其間他提到，經濟太差，出版社如無意外會在短期內裁員，他自己正在放風找工作。

經歷過金融風暴，當時不知道會對從事非金融行業的人也有影響，記得總編這樣說：「經濟不好，順理成章影響消費能力，況且書根本不是必需品，可買可不買，尤其在香港。」

沒錯，尤其在香港。

同事補充：「這場金融海嘯的破壞力，只會比金融風暴更誇張。」

他並非危言聳聽。

問題是，做了出版這一行接近十五年，心知肚明行頭窄，而既然我工作的出版社要面臨艱巨市況，其他出版社亦一樣；轉不到工，唯有轉行，但要時間轉做甚麼行業？別人根本不會請我。

可能幸運，輾轉間有行家介紹，去報紙副刊見工。

報館在柴灣工業區，由我住的地方出發，需要先後經過兩條隧道，剛好有架由馬鞍山開出的巴士，可以直達柴灣工業區。

見工時間約在下午兩點半，本來只需要請半晝假，但想準備一下——心理上準備一下，於是請了一日假，兼且預了一個比較鬆動的時間，畢竟不清楚巴士要等幾耐，搭到去柴灣又需時幾耐。

結果，一點九，巴士已經到達我落車的巴士站。由巴士站行去報館所在的工業大廈，大概要用十五分鐘，而我早就打算比約定時間早十分鐘到——搭正兩點半去到，的確沒有遲到，但觀感未必會好；早到太多，不會顯得我特別有時間觀念，反而只會影響見我工的人，打亂對方的時間表。

但今天實在太熱，高達攝氏三十五度，太陽又猛，我不能以散步打發時間——怕流太多汗，令恤衫濕透，「有礙觀瞻」。唯有先行去工業大廈所在的街道，看看有沒有茶餐廳或飯堂，飲杯凍奶茶，涼涼冷氣。

好彩，真的有間餐廳。我找了一個角落位置，要了一杯凍奶茶，侍應問我食不食飯？我說暫時不需要。

侍應送來凍奶茶，我飲了一啖，沖得不錯，奶和茶分別佔了一個我喜歡的比例，而又交融成一種我喜歡的味道。

只是我當時太緊張，沒閒情心神去細味那杯凍奶茶，飲了不夠一半，就任由它放在枱上。

時間差不多，要行過去。

身處工業大廈大堂時，兩點三左右。入𨋢，撳「16」，出𨋢，是接待處，我跟接待處職員說來見工，她問見哪個部門？我答，報紙副刊。

「幫我填少少資料。」

只用了不足一分鐘就填好。

「填完的話，請先坐在這裡。」

我坐在接待處旁的一張奶白色梳化凳上。

五分鐘後，一個戴住黑色粗框眼鏡的男人來到我面前，唸出我的姓名，我點點頭，他就帶我入去編輯部的一間細房，房裡只有一張圓枱三張凳。

「隨便坐。」那個戴住黑色粗框眼鏡的男人說。

我盡量以一個最舒適自在的姿勢坐著。

他坐在我對面。今日見我的人就是他。

「來柴灣好遠吧。」他用這短短的一句來做開場白。我不知這句開場白是他個人感受？抑或是用來問我？

「我第一次來柴灣。住的地方有巴士可以直接到來。」

「我也是搭巴士，我住港島。」

他從恤衫胸口的袋拎出一張卡片，遞給我。我才意識到自己沒有帶幾張新卡片，拎出銀包，見到裡面還有一張，但有點破爛。

「我未印新卡片，只得這一張。」我講了個大話。

「沒關係。」他拎起我那張破爛的卡片看。「你的title是高級編輯。」

我笑了笑，點了點頭。他卡片上的職位是「副主編」。不過，不清楚他們的架構，不知道副刊部門是不是還存在一個主編。

「請原諒我，讓我先講一句，始終你在這行沒有經驗，即使你本身是資深編輯，但你過去所編的，跟我們要求你編的完全不同，如果真的有機會合作，我們應該無法維持你『高級編輯』這title，你不介意嗎？」

「不介意，明白的。」

「你沒有大學畢業，但這一點不重要，我們之前請了幾個中文系 fresh grad，寫的中文完全不合文法。」

我沒有回應甚麼，根本不知道應該回應甚麼。

「我不重視學歷，但公司重視學歷，如果沒有學位，人工可能會少一點。」他用力吸一口氣，再用力呼氣。「講講你的興趣。」

「我鍾意書，嚴格來說是鍾意小說，以前太鍾意看，覺得如果有機會由我去編一本小說出來，好有滿足感。」

「既然那麼鍾意小說，不自己寫？」

「試過，但寫不來，後來才明白，我根本沒有故事想講。」

「原來如此。但如果你在這裡工作，我們沒有小說給你編啊，你不介意嗎？」

「我的工作不只是編小說，入行後也編過很多不同類型的書，散文結集、攝影集、食譜、工具書。」

「如果之後我們開煮食版，可以交給你編。」這一句他笑著說，似在說一個笑話。「我不熟悉出版社工作，你平日是不是只會匿在辦公室對住疊紙？我們這裡編採合一一腳踢，不排除會派你出去做些採訪。你不介意嗎？」

「好多人誤會出版社編輯只是做校對，其實我也要發掘有潛質的作者，公司答應幫他們出書的話，我就負責跟作者傾，傾書的主題和方向，書的設計。」

「有沒有哪些小說作者是由你發掘？」

我說了幾個名字，他統統未聽過——情有可原的，那幾位作者的小說都沒有成為暢銷書話題書，他們在出了第一本小說後，就沒再出版下一本，當中有一個有嘗試過但寫不完，另一個說正職太忙唯有放棄，還有一個說，自己由始至終都只想出一本，完成出書的心願。

寫小說，迫不來。我連自己也迫不到，更何況叫我去迫別人。

這時候，有人拍門入來，把一個公文袋交給他，他看了看公文袋上的字，說：「唉，又寄來。」

公文袋很厚，看得出，裡面肯定是一疊紙。

他苦笑：「你說你沒有故事想講，偏偏有一些人想講好多故事，好似這一個，近乎每隔一個月就會寄一疊紙過來，想我們給他版位連載，但今時今日的人只會看名人寫的專欄，不會看完全沒知名度的人所寫的長篇小說巨著。」

好想把那疊紙從公文袋拎出來。當然，我沒有。

「Sorry，被這個作家打斷了……我們剛才講到⋯⋯編輯的工作，總之，會跟你做慣的完全不同。你不介意嗎？」

他第四次說「你不介意嗎？」。

「今日到此為止。不排除我阿頭會再約你見面，到時又要麻煩你山長水遠過來柴灣。」他笑了笑，又說：「不過好彩你住的地方有巴士直接來到。」

###

離開報館，離開報館所在的工業大廈，下晝三點左右。

沒有去巴士站搭那架巴士直接返屋企，反而行了過去漁灣邨——剛才來的時候，巴士經過，透過車窗，看見這一個屋邨，感覺跟瀝源邨相似，好想去行一行。

不知道漁灣邨在哪一年興建和落成，但應該是很多年前的事，只有在很多年前的公共屋邨，樓與樓之間才會隔那麼遠，才會預留這麼大的空間給邨的居民。剛才沒有食晏，我去了一間裝修有點舊的茶餐廳，叫了一個火腿燴意粉，一杯凍奶茶走甜。好鍾意這種明顯是港式煮法的燴意粉，出面好多地方都不再做，而這裡難得有做之餘，做法亦正宗，有把意粉炒過，再淋一個橙黃色茄汁芡，說是茄汁，卻不會一味酸。

或許剛才見工用了太多精力，未夠飽，再要了一份鮮油多。

茶餐廳除了我，還有幾個客，都是有點年紀的，一人一張枱，其中有一個，拎住本武俠小說看。

這是我夢寐以求的生活。每一天，都沒事忙，拎一本小說，看過又好未看過也好，落茶餐廳一邊食下午茶一邊看。

我喜歡這種過日辰的日子。

###

離開茶餐廳，離開漁灣邨。

我想，如無意外應該沒機會再來這裡。我拎手機出來，對住茶餐廳門口，影了一張相，像素很低。我的手機很舊，即使有影相功能，質素很差，我亦不知道怎樣把裡頭的相片放去電腦。

行去柴灣站。知道大概方向，但不熟路，行出大路比較穩陣。

沿著柴灣道一直行，偶然留意到，右邊有一個小入口，是商場的入口，商場叫做金源商場。

入到商場，有兩行電梯，一上一落；上到一樓，旁邊是一間舊式髮廊，裡邊有個女人替嬸嬸電髮。

一個每一區只要有私人大廈大概必定附有的商場，共通點是沒有連鎖店，至於差異，則是舖頭種類，在金源，主要是髮廊、中西醫診所、跌打、電腦維修，以及一間機舖，和一間教會——在過去某個年代，這是一個帶有明顯象徵意義的組合，教會代表聖潔，機舖自然代表敗壞，你很難想像，一個剛剛返教會團契和崇拜的人，會去打機；又或者一個剛剛在機舖食住煙打 *Street Fighter* 的人，會返團契和崇拜。兩個場所的人，互不相干，偏偏在這裡，被容納在同一個街坊商場裡。這個和而不同的並置很有趣。

我在機舖外往內看了看，沒有人在打機。曾幾何時，不論日夜，機舖都必定有人——任何舖頭都有可能沒人幫襯，卻好難想像會有一間沒有人幫襯的機舖。

當機舖沒有人，證明了任何你曾經以為永恆的事物都不可能永恆。

所以曾經作為報紙支柱的連載小說，也會有不需要存在的一天——不需要存在，代表再沒有價值。

甚至連剩餘價值也沒有。

突然很想將這個發現，立即在這裡發表，但這個商場除了我，一個行人都沒有。

臨走時，深呼吸，聞到洗髮乳或護髮素的氣味。

###

後來有一天收到電話，是報紙副刊的秘書打來，說主編想見見我，問我今個星期五下午三點方便嗎？我說不方便，當日有公事。當天下午約了一個作者見面。

秘書問，下星期呢？我答不知道，下星期有本新書要趕快完成校對，出藍紙；她說沒問題，收了線。

2006年4月29日　富輝商場

【她】

沒有事比起星期六要去看牙醫更慘。

星期一，跟同事去了一間我沒幫襯過的茶餐廳食晏，我要了黑椒牛扒飯，其中一塊牛扒好韌，我沒用刀去切，偏要嘗試用右邊的大牙咬開它，突然聽到大牙發出一個奇怪的聲響，我用舌尖觸碰一下，有點痛，大牙爆開了，但爆開的大牙依然依附著牙肉。

（帶我去那間茶餐廳的）同事介紹我去找馬鞍山一個牙醫，打電話去預約，護士說日日都滿了，只得星期六下午四時可以，我說沒問題。懶得再打電話去其他牙醫診所預約。

過去幾天都沒胃口，想趁住看牙醫前先食點比較惹味的東西。

記得（帶我去那間茶餐廳的）同事曾說過，富輝商場地下有間食雲南米線的舖頭，他由細食到大。

我住的地方近馬鞍山，但對於馬鞍山我完全不熟悉——甚至是去到近乎沒有認知的地步。在我住的地方外有巴士站，其中有一架，會經過馬鞍山市中心。在巴士站等了十五分鐘，有車，或許是星期六下午的關係，車廂內人不算多，我上了上層，有大量空位，揀了一個較接近樓梯的位置，方便落車。

巴士往馬鞍山方向行駛，車窗外盡是陌生的風景——陌生的屋邨，陌生的屋苑，陌生的公園，終於到了一個陌生的車站，位於一個陌生的商場外；落車，搭電梯，上到去商場，商場內竟然有一座旋轉木馬。沒記錯的話，我只騎過一次旋轉木馬。

由這個有旋轉木馬的商場，經行人天橋，行去另一個商場，這個商場有個出口，行出去，是個平台，對面就是富輝商場入口。

沒有之前兩個商場的規模，富輝只是一個很細小的商場，燈光昏暗，沒有任何裝飾和特色的長長走廊，兩旁開滿小商舖，美容舖跌打舖文具舖外傭舖壽司舖補習社琴行，讓我想起某個年代的好運中心，但好運燈光不昏暗，人亦多，不像這裡，人不多，只是有些舖外會有人坐著，但你不會知道他們正在做甚麼。這層有一間菜館，有粉麵下午茶供應，但我今天的目標是地下那間雲南米線舖。

行樓梯落去地下，就見到雲南米線舖，對面是一間賣小食的，例如煎釀三寶。

行入舖頭，揀了一個角落單丁位，看看餐牌，見到兩款我最鍾意的食品：韭菜餃和炸午餐肉。不知道正宗雲南米線有沒有配搭炸午餐肉這種食法，但不理了，我要了一碗韭菜餃炸午餐肉米線，一碟豬頭肉，一支可樂。

韭菜餃和炸午餐肉及米線，都符合我預期的味道，至於豬頭肉，則在我想像以外——從來沒食過這種食物，尤其是那個汁，酸酸的，有少少辣，好味到我想飲落肚。

向來都不會花太多時間在進食這一環，這一餐，食得尤其快，因為好味。同事沒介紹錯（即使某程度上是她令我不得不去看牙醫）。

如果讀中學的時候附近有這一間雲南米線舖，肯定日日都去食晏——飲食上我從不揀擇，只要遇上喜歡的，可以日日都去同一間，中四時，就試過在上學期無間斷地去好運中心一間餐廳，每一次都食香茅豬扒飯，原因是太鍾意舖頭放在每張枱上的那樽魚露。食一碟香茅豬扒飯，我就可以用上大半樽。

有幾次在舖頭遇見他，印象中他大我好幾級，應該預科畢業，升大學了。我留意到，他食香茅豬扒飯時跟我一樣，會用上大半樽魚露。分別是，我飲青檸梳打，他飲凍越南咖啡。

豬頭肉的汁，令我想起魚露的味，都是酸酸的，兼帶有少少辣。

可能當時用得太多魚露，令腸胃有事，我才沒再去。

改了去隔籬的茶餐廳，只食黑椒雜扒飯，因為黑椒汁太好味。

估不到，又會再遇到他，他也是食黑椒雜扒飯。

舊年，經過那間茶餐廳，見到他在裡邊，本來想入去叫他，當時有人和他一起。

2005年7月8日　七海商業中心

【他】

臨近書展，要為新書做宣傳。宣傳方法，離不開發新聞稿去報章雜誌，希望他們做書展專題報道時預留位置，（從新聞稿抄）寫一點介紹（所以我的新聞稿會盡量寫得詳細），當然，最好是能夠訪問作者本人。

千辛萬苦，總算為一個新作者約到一個訪問；訪問他的，是一份報紙的副刊，地點約在他們炮台山的辦公室，時間是下午五點。

作者是老闆朋友，老闆當然不會陪作者去做訪問。阿頭見到我，大聲說：「你去，反正你最近失戀，夜晚不需要陪人。」

約了作者在報館所在大廈旁的七海正門等。我四點已來到炮台山地鐵站，剛才太忙，沒有食晏，所以先在地鐵站出口旁邊的麥當勞，食了一個巨無霸，一個豬柳蛋漢堡，一杯雲呢拿奶昔。

太餓，十分鐘左右，已食完兩個包飲完奶昔。

還有很多時間，加上不想坐在麥當勞等，便過馬路，去對面行一行。

到了油街，行出去電氣道。這條街道的名字早聽過，卻從沒有來過——就連炮台山，也是第一次來。

我的生活範圍，讀書時集中在沙田大圍，出來返工後，則在九龍，一直都少過海；如果要去港島，都只會去銅鑼灣，去得最多，是糖街的銅鑼灣中心，以及那幾間日資百貨。

如果按照地鐵港島綫車站來描述，上環，以及由天后到柴灣，都是我未曾踏足過的地方——中環倒是有去過好幾次，中學時去離島宿營，總要去中環站，經天橋行去港外線碼頭搭船。還去過兩次大會堂，一次看話劇，一次看電影。至於灣仔，則是在成為編輯後，因為書展，每年都要去至少五次。好怕行那條由灣仔站前往人民入境事務處的行人天橋，天氣太熱人太多，充斥一股汗臭。

電氣道沒有汗臭。有行人，但不算太多；路是有點窄，沒欄杆，不斷有各類車輛在身旁駛過。

這裡有一間拉麵舖，裝修很雅致，沒有那些港式拉麵店的俗套，如果一早知道，剛才就不會吃巨無霸和豬柳蛋。看看之後的訪問做到幾點，或者來食碗拉麵當做晚餐。

繼續向前行，行到一個商場入口，原來是七海位於電氣道的入口，之前上網查，一直以為只有對住英皇道那個入口——換言之，如果要由電氣道行出去英皇道，又或者由英皇道行去電氣道，大可以用七海作為通道——作用，恍如蟲洞。我讀理科，但從來不知道甚麼是蟲洞，是早前臨時幫手編了一本給兒童看的太空小知識書籍，才認識蟲洞。

七海好多舖頭。地下那一層，有一間專門賣日本食玩的，在櫥窗看見有一套《阿基拉》的食玩，之前一直想買但買不到——不理了，難得遇見，立即整套買下。大友克洋《阿基拉》是我其中一部最喜愛的漫畫，1988 年的動畫電影也喜愛，尤其開場那十五分鐘，簡直是動畫史上的經典場面，但嚴格來說，還是喜愛漫畫版多一點。

匆匆在地下那層行了一圈，來到電梯，上行抑或下行？先上行——上面各層，都開滿舖頭，舖頭類型很雜；愈上的樓層，行人愈少，這是正常的，任何商場不論新舊不論規模大小，都是這樣。沿電梯，回到地下，準備落地庫時，收到作者的電話，說他來早了（其實我比他更早來到，但當然不需要讓他知道），問我去到哪裡，我沒有說自己已經在七海裡邊（並且已匆匆行了一遍樓上各層），只說在電氣道，正在行過來，不用五分鐘就會來到。

四分鐘後，我去到七海面對住英皇道的正門。

「知不知 interview 會做幾長時間？」他的語氣有點不耐煩。

「根據過往經驗，影相連訪問，頂多大半個鐘，但不保證今次也一樣。」

「但求快一點做完，這份報紙都沒有人看，浪費時間。其實，你們 approach 不到其他 media 的嗎？」然後，他舉了一些報紙和雜誌的名字。

「Sorry 恕我無能為力。」這一句我沒有講出口，變成：「我們再嘗試 approach 其他 media。」

推門行入報館所在的大廈，是那種舊式大廈的格局，軳口對住的角落，放了一個半透明膠箱，箱上面刻了「投稿箱」三個字，只是裡面一份稿都沒有，看來這個投稿箱已經失去原有功能，卻又沒有被丟棄，繼續被擺放著，恍如一件再沒有人會珍視的所謂古董。

副刊位於六樓。出軳，辦公室比想像中細小。

向最近門口的一個職員道明來意後，他大聲喊出那個記者的名字，接著便有一個年輕記者行過來，笑著介紹自己。

作者看著她，笑著說：「今次真的辛苦你了。」

記者說了句「不用客氣」，便帶我們去 studio。

副刊部門裡面還有另一個部門。「裡邊是馬經版同事。穿過這條巷，對面是娛樂版。港聞不在這一層。」記者說。

Studio 有兩張凳，記者安排作者坐在其中一張，我說我在一旁站著便可以。記者行去跟一個人談了一會後，回來跟我們說：「攝影師說不如先影相，可以嗎？需要預備一下嗎？」

「我隨時 ready。」作者說。

然後，攝影師讓作者站在一個位置，他把測光器先後放近作者的臉和身，不知按了甚麼掣，閃光燈閃了好幾下。攝影師示範了幾個姿勢，讓作者照住做，用手托腮沉思，微笑，雙手插褲袋。

「我有個 idea，不如我用右手，扮去扣實左邊衫袖的袖口鈕？」作者說。

「不需要，那是影手錶時才會用的。」攝影師說。

「Well，那麼不如我拎住鋼筆，做一個正在寫小說的 pose？」

「唔……」

「我平時的確是用鋼筆寫小說的。」

「這個提議好呀！」說這一句的是記者。

這個作者的確是用鋼筆寫小說，但字好醜，又經常寫錯別字。

攝影師搬了一張木凳過來，在凳上鋪了一塊布，扮成枱，讓作者可以在上面放原稿紙，以便拍攝他那個提議。

影相大概用了二十分鐘，攝影師熄閃光燈，作者說：「這麼快就影完？夠 shot 了嗎？」

攝影師沒答，由記者代答：「足夠的了！辛苦你，我們可以開始做訪問！」

訪問在一間會議室進行。就在我行入會議室時，作者對我說：「反正對方問的對象是我，你其實不需要在場，在外面等我。」最後一句，不是徵詢，是命令。

剛才他還說希望訪問可以快一點做完，免得浪費他時間，結果，我在會議室外，等了整整個半鐘。

離開時，已過了七點。

「如果寫稿時發現漏了問題，想再問，請隨時打電話給我。」作者說。

「怕麻煩你，我可以問他。」記者說。她口中的「他」，是指我。

「不要找他，書又不是他寫，他答不到。」

入𨋢後，我問他：「訪問順利？」

他說：「當然順利。」

到了大堂，我本想問他要去哪裡，他已自行由另一邊門口離開。

只能說，他已不是我接觸過最不會尊重編輯的作者。

由入行第一日已明白，我做編輯，不是為了巴結作者討好作者。

###

經過七海出面的巴士站時，看見一個貼上熒光黃色紙的牌被放在電話亭旁，紙上用黑色箱頭筆密密麻麻寫滿了字，都是一些四仔內容的描述，有部分，極度離譜，紙上還寫了舖頭位置，就在七海的地庫。

突然湧現一種獵奇的好奇心，好想去看看——不是看那些四仔影碟，而是看看販賣這類犯禁內容四仔的，是一間甚麼樣的舖頭。

搭電梯落地庫期間，不期然想起以前看過的一部西片，《8 米厘感官謀殺》，尼古拉斯基治飾演私家偵探，調查一條內容類似 snuff film 的短片，深入一個他從未想像過的成人電影世界。這一刻的我，竟然有這種感覺。

來到地庫。向左行抑或向右行？

無意識地向右行。舖位應該都有租出，但統統沒有開舖，也沒有店名，不期然深呼吸，空氣滲透了一種霉爛的氣味，可能是冷氣漏水，不少假天花都發霉。這裡的空間布置是採用迴廊的方式，所以剛才無論向右抑或向左，其實都一樣；好快行了一圈，完全找不到那間把廣告牌大模大樣放在街上的四仔舖頭。

找得到，固然會有一份神秘；找不到，顯得更加詭秘。

會不會只有熟門路的人，才知道那間舖的正確入口？只有他們才買到那些絕對不是為常人而設的犯禁內容？

我不怕鬼，亦不信有鬼，卻突然感到一股寒意。

趕緊沿電梯上去地下那一層，看見那間賣食玩的舖頭，肯定自己回到一個正常的世界。

但那個貼了一張熒光黃色紙兼且寫滿字的木牌，仍舊佇立在面向英皇道的一個電話亭旁。

###

在書展見到那個記者，閒談間，有提及那間舖（我有考慮過應不應該說），她說，她曾跟過男同事落去七海地庫找尋那間舖，但行了好幾個圈，也找不到。他們有想過，那個招牌上寫的舖頭地址，是假的，當中不排除隱藏一個暗號或密碼，暗地裡指示舖頭的正確位置。我認為這個想法有點誇張，但既然我想不到其他可能的解釋，便不反駁她了。

然後她說，那個作者一直有找她，約她食晏，約她食 tea，約她食晚飯，她已不只覺得他煩，甚至認定他變態。我沒說甚麼，畢竟他是我工作的出版社今年力捧的新作家。

他的那本散文式愛情小說賣得很差。慶幸，他是老闆朋友。

2001年1月1日 星光行

【她】

有兩個聚餐，一餐中午，一餐夜晚，地點同樣是尖沙咀碼頭旁的商場——中午的一餐，在星光行；夜晚那一餐，在海港城。

其中一餐，我不想出席，另一餐，我有點期待。

中午那一餐，參與的都是化驗所同事，我返工時間不長，不想因不出席而被同事認為不合群。當返工。

夜晚那一餐，參與的都是大學同學，才剛畢業不久，大家無可避免，仍然會記掛住大學的日子。

中午聚餐地點，星光行樓上一間中菜。

我們坐滿一圍，十二人，預先揀好一個套餐，有湯有肉有菜有飯有麵有甜品。有時和一大班人同枱食飯，最煩是點菜，你以為每人各點一個自己想食的餸就最理想？錯了，原來一樣煩，假設你提議沙嗲肥牛粉絲煲，不排除同枱有不食牛的人會說：「我不食牛，但你可以照點。」這一番說話似在表示自己沒所謂，但如果真的沒所謂，他大可以不說出來，當沙嗲肥牛粉絲煲送到來，他不去夾就是了，沒有人會在意；偏偏他選擇說出來，而且是動用一種表面客套的語氣，就會令到提議沙嗲肥牛粉絲煲的人不好意思，改為提議另一味餸，同時令其他本來想食牛的，都不得不預先改變主意。

我怕煩，亦不想太遷就人，和別人食飯，我一定主張各自食自己所點的，總之，盡量不 share。然而，出來工作後，總會有不得不遷就別人的時候。

於是每星期那六日午餐，只會隨機揀三日跟同事一起，另外兩日，自己一個，食甚麼？去哪裡食？一概由自己決定。

聚餐期間，自然不停有人交談，我一直聽，在適當時候用笑作為回應，但沒有主動說甚麼。

侍應送上甜品時，有個年資比我深的男同事（在座每一個年資都比我深）問我：「這是你畢業後第一份工？」

我點了點頭。

「適應嗎？」

「還可以。」

「在這裡工作好穩定，大部分人都做了好多年，也不存在競爭，唯一缺點是比較悶。」

「我不怕悶。」這一句倒是真心的。

「希望你在這裡悶得來快樂。」

與其工作性質好大壓力，同事間又有好多是非競爭，我寧願悶。

好早就體會到人生其中一個本質就是悶，好多人難以忍受這種悶，才會努力找方法解悶，但解了一時的悶，不代表就能解除本質性的悶。

本質，可不是你能改變的。

或許家庭環境，或許成長經歷，我明白這種本質，並接受這種本質，所以不會怕悶，甚至明白到悶的作用和樂趣。

見化驗所這份工前，中學時的老師問過我，有沒有興趣教書？我並沒有說給我時間考慮，反而是在那一刻，就直截了當答她：「感謝，但沒有興趣。」我不想在工作場所面對太多人，學生、老師、主任、校長、家長，同時看著學生不斷長大，長大到某個歲數，畢業，離開，然後換上另一班，把一切重演一次，入學，長大，離開，而只有我，一直站在同一點，看著點以外所有事物都在不斷經歷變化。我自己呢？變老而已。

這裡隱藏了一種悶，一種注定形成精神困局的悶。

但在化驗所工作那種悶，悶在不斷重複相同的事，負責抽血的，就不斷抽血；收集尿液的，就不停收集。

沒有 project 要做要跟，每日準時食晏準時收工，連會議也不需要開，我主要做的，就是為需要抽血的人抽血。

###

完成中午聚餐，沒想像中困難。

時間是三點左右。

夜晚的聚餐約在六點半，還有三個鐘有多。

第一次來星光行。外面的碼頭自然有去過，對面的文化中心也有入過去，但星光行，從來只會在外面經過，沒需要入去。

裝修是有點上世紀七十年代的感覺，會想起那些七十年代港產片，顏色上會有點偏色，眼前的走廊，因為燈光，而有點偏向啡黃色，以致地下那些為遊客而設的舖頭，不論是賣衫賣相機抑或賣古董，都好似啡啡黃黃的。

對比地下那層，地庫很靜，行到最深處，有間 CD

舖，看了看舖名，跟以前開在沙田市中心的那幾間相同——那幾間主要開在沙田廣場和新城市廣場，自從 HMV 開張，陸續執笠。

記得以前沙田市中心那幾個商場開了不少 CD 舖，連希爾頓中心也有。當中有一些舖雖然細小，但放滿不同類型的音樂；有一些，貨架疏疏落落，感覺上老闆似乎不太有心經營，但如果你細心去找，又可能會找到一些較冷門的，例如《藍白紅三部曲》的 soundtrack，我都在希爾頓中心那間 CD 舖買。

這些舖頭，都只是經營了好短時間，只有韻彙，繼續守住最初開在沙田廣場那間舖。

但已經沒有幫襯，有時經過，也不會望一眼櫥窗。

星光行這一間，面積不算大也不算小，除了那一男一女兩名店員，就只有我一個。我本身就不算是愛聽歌的人，買過的 CD，大概幾十張，通常都因為成為話題我才去買，聽歌上我隨波逐流。

突然想起一首日文歌，一首好舊的日文歌，超過二十年前。以前讀書時有人錄了一餅 cassette 送給我，裡面錄的，都是她喜歡的歌，有廣東歌有英文歌有日文歌，最深印象是其中一首日文歌。那餅 cassette，已變了聲，不能再聽。

好想聽回那首日文歌。

我去問那個較年輕戴著眼鏡的男店員：「我想找一首日文歌。」

店員：「歌手名？」

「忘記了。不好意思。」

「有沒有唱過哪些名曲？」

「我不肯定是不是名曲，我亦不記得歌曲名，只記得副歌旋律……」我嘗試把我記得的副歌旋律哼出來，但效果太差，店員完全沒有頭緒。

「記得了，副歌有句歌詞是『stay with me』——」

「你講的那首歌就是 *Stay With Me*。」說話的是另一個女店員。「歌手是松原美紀。」然後很隨意，便把我剛才費了好大力氣都哼不好的副歌哼出來，拍子，高低音，都符合我記憶中的那首歌。

原來我喜歡的那首歌是 *Stay With Me*，主唱的是松原美紀。

「我就是想找這一首歌，你們有沒有她的 CD？」

「我們沒有，事實上松原美紀的 CD 在香港應該好難見到，你不如去信和地庫問問，不過我估，他們應該也沒有，始終他們賣的 CD 都是現在那些 idol 的。」

找不到，但至少知道了歌名和歌手名。

那個女同學為甚麼會把這首 *Stay With Me* 錄在 cassette 裡？她沒有說，事實上我也沒有問。她好有心機，將裡頭每一首的歌詞，都抄寫在一張單行紙上，字體很整潔優美。這一餅 cassette，我經常在幫阿爸看舖時播，播完再播，他來買漫畫時我也在播，或許播得太多，使他聽得太多，連他也鍾意那首 *Stay With Me*。

那餅 cassette，好似有借過給他。

【他】

6月初已經好熱。

由九龍塘地鐵站行去浸會，未到一半路程，已經用了幾張紙巾抹汗。

以前報聯招，排第三的志願，是浸會的歷史系，假如當日收了我，我每一天就要這樣行返學校。

流那麼多汗，除了因為天氣熱，亦因為緊張。

好怕去大學，任何一間我都怕。

原因是我沒有讀過大學，我不是大學畢業生。

只要在大學，任何地方任何角落，我都自卑。

今天來到浸會，找一名教授，阿頭邀請他為我們一本新書寫代序，他說他不懂電腦打字，一直以來都是手寫，寫在原稿紙上，阿頭派我過來收那一張寫了代序的原稿紙。

為甚麼不傳真去出版社？阿頭說，難得請到教授寫序，那總要做點門面工夫，讓人家覺得備受尊重。

###

在浸會，不熟路，問了好幾個大學生，總算找到教授辦公室所在的大樓。

走廊很靜。不知道大樓其他樓層是不是同樣那麼靜。

輕輕力，敲了幾下門，聽到裡面傳來一聲「入來！」，深呼吸，推門。

「何生，你好。」

教授指了指枱上面一個公文袋，我上前拎起。

「麻煩何生。」

拉門，離開教授辦公室回到走廊。

剛才整個過程有沒有三十秒？應該沒有，十五秒左右。

剛才是否做錯了甚麼？我不可能知道。

只知道好肚餓。今朝遲出門口，沒時間食早餐；剛才趕住過來，未食晏。

經過似乎是 canteen 的地方，沒有行入去——找不到理由入去。我不是這裡的學生，以前也不是。

這裡不是我這種人可以食飯的地方。

我需要儘快離開，離開屬於浸會的範圍，離開任何跟大學有關的地方。

總算來到一條小街，望望路牌，金城道，對面是建新中心——不熟路，來之前，有看街道圖，為防記錯，影印了那一版，放在袋裡，搭車來的時候，不時翻看重溫那張印上這一帶街道圖的 A4 紙。

建新中心應該會有地方讓我這類人食飯。

設計有點奇怪的商場。奇怪，不帶貶義，甚至帶有一點讚嘆，我沒見過這類有著高低差地形設計的商場——也有見過的，但都沒有建新那麼徹底。

在上下兩層行了一趟——我不知道怎樣形容才正確，「地下」和「地庫」的形容在這裡似乎並不適用。

「地庫」有間是食粥粉麵，「地下」有間餐廳，看內裡裝修布置，不似一般茶餐廳。

不想食粥粉麵，去了那間裝修布置不似一般茶餐廳的餐廳。

餐廳播著歌，Air Supply 的歌，沒記錯的話，是 *All Out of Love*，最初認識這首歌，是廣東版，後來才找回原裝來聽。

餐廳裝修布置加上 Russell Hitchcock 的高音，讓我有種正在經歷八十年代香港的錯覺。

而且，是八十年代初的香港。

八十年代初，我是小學生，當時的記憶應該不存在，就算存在，應已流失不少，又或嚴重失真。

某次工作，認識了一個研究腦神經科學的學者（我不清楚他的頭銜是不是教授），他說，記憶好奇妙，兼且信不過，有些你以為真實無誤的記憶，可能會有偏差；有些你以為自己可以一直保留的記憶，有可能，會突然離你而去。

有一些人，你明明一直記住，但不排除某天在街遇上，你會完全不記得對方。

我有信心，我不會發生這種情況。

###

點了焗豬扒飯、羅宋湯和凍奶茶。

侍應先送來羅宋湯和凍奶茶。羅宋湯很濃，不像其他餐廳那樣加水，湯料很多，有番茄有紅蘿蔔有兩三塊牛腩。相比起來，凍奶茶沒有羅宋湯那份驚艷，但符合預期，奶和茶的比例，是我喜歡的比例。

焗豬扒飯好大份。焗豬扒飯重點固然是那塊豬扒，但對我來說，汁和飯同樣重要，這裡的汁帶點酸，但不過酸，剛剛好；飯是炒飯，炒得很香。至於豬扒，大塊，鬆軟，不用十分鐘我已把焗豬扒飯食清光。有機會再來的話，好想再食。

這時候，侍應將一碟黑椒牛柳絲炒意粉放到隔籬枱，看了一眼，看出炒得好有心機。有機會再來的話，一定要試。

問題來了，日後如果真的再來，應該食焗豬扒飯抑或黑椒牛柳絲炒意粉？

我總是為這些無聊假設性問題煩惱。

但有一點可以肯定，這間餐廳已在我記憶裡。

返到出版社，把公文袋交給阿頭，同時交代剛才那個肯定不足三十秒的見面過程，阿頭說：「你沒有叫他『教授』？」

我擰擰頭。

「你出去之前我不是千叮萬囑你一定要叫他做『何教授』？」

或者天氣太熱，又或者去大學這件事令我太緊張，完全忘記了阿頭這樣叮囑過。

1999年12月26日 希爾頓中心

【她】

還有一份 paper 未交。

我不在宿舍，在卡拉 OK。

同房知我未交 paper，卻說：「平安夜聖誕節你已經用來寫 paper，今日 Boxing Day，有需要放低份 paper。」

她補充：「加上恐怖大王沒有如預言所講從天而降，我們應當出外慶賀。」同房是中文系學生。

「恐怖大王從天而降這預言是 7 月的事，現在是 12 月。要慶賀就應該一早慶賀。」

「但 7 月時我未認識你，加上今年聖誕是沒有世界末日後的第一個聖誕。」她飲了啖可樂，她任何時候都飲可樂，她說這個習慣是受爸爸影響。「而且，今日是二十世紀最後一個 Boxing Day。」

於是，在「恐怖大王沒有從天而降」加上「今年聖誕是沒有世界末日後第一個聖誕」以及「今日是二十世紀最後一個 Boxing Day」等等充分理由支持下，我和同房搭火車去沙田站，由新城市廣場，行經沙田中心，去到希爾頓中心。

[illegible]個我只去過幾次的商場。沒辦法，那裡是市中心最邊緣，內裡的舖頭不太吸引——同房偏偏經常去，她最鍾意幫襯那裡的迴轉壽司，又說裡面有間茶餐廳的炸兩最好食。

希爾頓的格局總令我想起聯邦——其實完全不似，希爾頓比聯邦大很多，又有戲院，又有迴轉壽司，只是內裡的裝修，跟聯邦一樣，老土。

同房和我都未食晏，她提議先去食壽司，我沒所謂。

平日這個商場人不多，今日明顯多了不少人，在迴轉壽司外等了十五分鐘才有位。

同房的確好鍾意食壽司，她只用十五分鐘已一個人食了十碟，其中有三碟是海膽壽司。

等埋單時，同房讓我揀：「去睇戲？抑或去卡拉OK？」

「卡拉OK。」其實唱卡拉OK和睇戲我都不感興趣，但如果一定要揀，揀去唱卡拉OK吧。

曾經在這間希爾頓戲院睇過一次戲，中五那年暑假，陪同學去睇《陰陽路》。只記得戲院好細，銀幕好細。

同房坐低，已經拎起遙控，熟練地揀了十幾首歌，全都是新歌，十幾首我都未聽過。

同房唱的時候，我拎起遙控，亂撳，無意識地撳，撳到去一版都是日文歌的，開始有意識地，一版一版撳下去看下去，好似想找甚麼，但連我也不清楚自己在找甚麼。

在等待另一首歌的音樂播出時，同房說：「你鍾意唱日文歌？」

我邊擰頭邊說：「當然不是。」

「但你一直揀日文歌。」

「無聊而已……不要理我，你專心唱。」

「你不唱嗎？我不想做咪霸啊。」

「我批准你做！」

同房明顯對這個批准好欣喜。

###

好想好想記起一首日文歌，一首曾經在看舖時經常聽的日文歌。

不記得歌名，不知道歌手名是誰，只記得是女歌手唱，唱到副歌時，有一句「stay with me」。

在二十世紀最後一個 Boxing Day，在希爾頓中心一間卡拉 OK，有同房和我一起。

對下世紀，總有一點希冀。

1995 年 11 月 7 日　聯邦廣場

【他】

在茶餐廳，等公司三文治外賣。

返了三個多月工，過了試用期，加了五百蚊人工。

沒想過會請我，沒想過會過試用期。我不是大學生，A-level 成績差，沒大學收我，以自修的方式重讀，再考，成績只是好了一點，至少有大學肯收，不過收我的，是報聯招時排在最尾三的學系，完全沒有興趣。

我決定找份工做。做出版社編輯。

寄了三封求職信，有兩間叫我去見工，最後，規模最小的一間請我，職位是初級編輯助理，月薪七千，一星期返六日，工作時間朝九晚六，放勞工假。

以前的同學，第二年做大學生，而我，第一年返工。

總編左手拎住一罐可樂，右手拎住一個信封，遞給我：「努力做。你會是個好編輯。」

甚麼才算是好編輯？我不知道，只知道正式度過試用期那一天，我去阿齡爸爸漫畫舖買了一整套《漂流教室》。

因為這一份工，讓我重遇阿齡。

###

出版社在荔枝角，這是工業區，好多工業大廈，有舊式有新式，但不是純工業區，有民居，出版社所在的工業大廈對面街，是唐樓，行前一點，是舊式住宅大廈，還有一個叫「聯邦」的商場。

每日收工，搭巴士返屋企前，如果沒特別事，都會去聯邦，去完漫畫舖，有時間的話，每層行行，都是一些為街坊而設的舖頭，其實沒甚麼特別，但我就是被這一種沒甚麼特別的性質吸引。

記得那天，收工後，像平常一樣，去聯邦廣場的漫畫舖看看有甚麼新書，看舖的，不是平日見慣的那個中年人。

而是阿齡。

對上一次見她，已經是一年多前，在好運中心的小巴黎。是的，我是因為知道她經常幫襯小巴黎，我才去。

她當然不會認得我——她根本就不識我。

對阿齡來說，我只是一個經常去她爸爸舖頭買漫畫的人。

直到某一個勞工假的下午，她在對面街茶餐廳買午餐外賣，但茶餐廳給了她另一款，她要鴛鴦扒飯，打開，才發現是梅菜扣肉飯；我說，我替她去換回她本來點的鴛鴦扒飯。她正正式式認識我。

開始傾偈。由某本漫畫幾時出版，到傾一些與漫畫無關的，例如她讀哪間中學（我沒跟她說我們其實讀同一間中學），她是校內圖書館管理員（我沒跟她說在圖書館見過她當值），她鍾意聽的歌——她最鍾意一首叫 *Stay With Me* 的日文歌，她經常在看舖時播，可能播得太多聽得太多，明明不懂日文也會跟住唱。

她知道我在附近返工，在一間小型出版社做編輯。

今天是她生日，記得她說過不喜歡食生日蛋糕，我便買了一份公司治，打算拎去舖頭，和她一起食。我知道今日由她看舖。

結果，不小心，把整盒公司治倒在一疊才剛送來的《海虎》上。

【她】

我跟他說，不需要買下整疊《海虎》，但他怕我被阿爸鬧，堅持要買。

今天是我十六歲生日。

沒任何特別。一個普通人的十六歲生日，不會對世界構成任何影響。

所以不需要慶祝。不需要生日禮物，更加不需要生日蛋糕。

未見過有人會在別人生日時請對方食公司治，但沒所謂，總好過食生日蛋糕。

本來好憎看舖，自從認識了他，我多了去看舖。

某天，聽到他叫我「阿齡」，而我的確是叫阿齡，自然有應他。他離開舖頭後我問自己：我有跟他提及過自己名字嗎？

好似有，好似沒有。

很多時他都給人一種悶的感覺，跟他傾偈，他通常不會主動帶起話題，就算有，話題通常偏向悶；我沒所謂，我也是個悶人。唯有悶人，才能明白悶人。

可能因為大家都是悶人，我聽的歌，他也鍾意聽，例如我總會在看舖時不停播的那一餅 cassette，他曾說，裡面每一首都好聽，我把 cassette 借了給他。

錄 cassette 給我的同學說，那首副歌歌詞有一句「stay with me」的歌，跟我同齡，都是 1979 年的產物。

自從阿媽走了之後，漸漸明白，stay with me，不是一件必然的事。如果你把這件事視作必然卻又經常得不到，你只會痛苦。多得阿媽，令我好細個已經明白，能夠永遠陪你的人，只有你自己。

1994年6月30日　星光行

【他】

沒想過會在海運遇見同學。

他跟我讀同一班，但不熟，至少他從來沒有找我加入他們的AV同好會；在他身旁有兩個人，嚴格來說我都不認識，只記得一個讀理科班，那一班要讀pure maths，另一個讀文科。

連我也不知道為甚麼當日揀科時會揀理科。當時理科分兩班，我那一班讀生物。

不論文科或理科，讀pure maths抑或讀bio，大家都來看《生死時速》。明明沙田的戲院都有得看，偏偏大家都出去尖沙咀的海運看。

考完A-level，等放榜，已打定輸數，但也嘗試安慰自己，就算考得不好，不排除依然會有其他學系願意揀我。

和我一起看《生死時速》的，是返英文補習班時認識的女同學。某一天，突然收到她電話，說有多一張戲飛，問我有沒有興趣一起去看。

本身沒甚麼興趣——不只對荷里活片沒甚麼興趣，根本是對任何電影都不太感興趣。不過，我應承了她。

約在星光行麥當勞等，她提議，可以食完晚餐才行過去，好近。

我在火炭返暑期工，收工，搭火車去九龍塘再轉地鐵，然後行過去。

比較過去我到過的任何一間麥當勞，星光行的麥當勞，完全不同，那裡有一種其他分店（例如新城市廣場那一間）沒有的氣氛，都市的氣氛。

我讀理科，不知道「都市」和「城市」的分別，但我只會用「城市」來形容沙田，而不會用「都市」，但當身處星光行麥當勞，突然會有種都市感。

都市感，本來是中性的，但原因不明，竟然帶給我一份愉悅的感覺。

都市，是一個愉悅的場所。

過去的我從來沒有這種察覺。考完 A-level，可能真的會令人成長。

深呼吸，海洋的氣味。

那一刻，我知道我是快樂的。

2024 年 11 月 7 日

【他】

離開荃豐，搭巴士返沙田。

巴士到了城門隧道前的轉車站，有班乘客落車，有班乘客上車。

坐我隔籬的人，戴住一個有點舊式的有線 headphone，headphone 海綿是橙色，而線的另一端，插住一部 Walkman。

應該是 headphone 海綿跟她的耳朵，在面積上存在一點點偏差，有音樂聲從 headphone 漏出來。

似曾相識。

好熟悉。

不因為我聽過好多歌，一聽到旋律就知道是哪首歌——反而是因為我聽過的歌不多，甚至稱得上太過少，以致記得的歌和旋律，來來去去，二十首左右。

既然聽過（和記住）的數量那麼少，當聽見曾聽過的，自然立即認出。

本來還有一點點懷疑，但當聽到那把女歌聲唱出「stay with me」，我再沒有懷疑。

是阿齡在看舖時必定會聽上十幾次的 *Stay With Me*。

記憶愈來愈清晰。

2014 年在荃豐曾經遇到她。那天是她生日。

「如果未死，約你 2024 年 11 月 7 日在這裡見面，和我慶祝生日。」

記憶會突然離你而去，也會突然而來。

巴士出了城門隧道，在天橋上行駛。下一個站，第一城站。

就算立即搭車返去荃豐，也要等到第一城站才可以落車。

沒辦法了。返屋企算了。

在石門站落車，有點餓——剛才明明食了碗牛筋腩麵，可能分量太小，也可能食量大了，好想食一份公司治。

由巴士站行去石門的茶餐廳，行十分鐘左右，跟我行返住的屋苑，時間差不多。有時候會想，當日為甚麼不租濱景而要租那裡住？屋苑本身的位置已經隔涉，我住的第三期又在屋苑最入邊，偏偏我還揀了最角落的那一幢來租，貪在睡房的窗可以望見城門河，無遮無擋。

想起在石門食完公司治後行返屋企的一段路，自自然然，再沒有興致。

返去食個忌廉檳。就過期。唯有第二朝早點起身去食早餐。

【她】

返到屋企，沖完涼，肚餓。

我住的屋苑樓下沒有食肆也沒有便利店，要行到去石門那一邊，才有茶餐廳。

以前沒想過，石門會旺。那邊發展了很多年，由最初只有人去返工，到後來，開始有住沙田和馬鞍山的人會專誠過去，愈來愈多人，兩期京瑞廣場都開滿舖頭。

我不搭屯馬線，由石門站行去我住的地方，要用上至少二十分鐘，太遠，如果是夏天，熱又遠。

今晚不熱，又實在太餓，沒辦法了，唯有行過去石門。

穿了件有帽外套和牛仔褲，落樓。

我住的地方，分三期，我住第三期，有三座樓。

落樓後，會先經一個平台，才能落到地下。

行到平台，想起之後那段路，有點後悔，同時埋怨自己，為甚麼前一晚不去超級市場，那麼就可以買一些微波爐食品。

我用力嘆了口氣，點了一支煙。

有把聲在我身後傳來。

我轉身。

「阿齡。」他說。

（完）

後記

有人鍾意行山，我比較鍾意行商場。

不論戶外或戶內，其實都是看風景。

由中一到中七，放學後，除非有波要打，都必定行去好運中心——總是要經過那些漫畫舖 game 舖模型舖，望過那些漫畫舖 game 舖模型舖的櫥窗，才捨得返屋企。

因為懨悶。返學的懨悶成長的懨悶追不到心儀女同學的懨悶。

至少在好運，暫時不懨悶。

以前固定行幾個商場，好運、信和、聯合、銅鑼灣中心，後來基於工作，或其他因素，開始行不同地區的商場。

規模大的固然會行，那些規模不大，又或再沒有人專誠會去的商場，我照行。

有不少空間，都是如此靜靜地，在城市裡存在；每一日，如常打開門，又如常地維持一個空蕩蕩狀態——有理由相信這些商場都曾經熱鬧，只是如今都在面臨這種熱鬧過後。

然後想到，可以用這類商場作為背景寫一個故事。

傾談《1994》出版事宜的時候，已和 Yuki 提及這構思，她立即問我故事名字，sorry，霎時間，答不出；其後因為工作，以及開始懷疑自己根本沒有寫故事的能力，把寫小說這件事徹底放低。到了 2024 年 12 月，和 Yuki 傾了一次電話，心想，不如再試試。

4 月，Yuki 問我進度如何？我答，只寫了一萬字——嚴格來說其實只得九千幾字。我老實跟她說，愈寫愈沒信心，就算寫到出來，也不代表甚麼。

她不厭其煩，又和我傾了一次電話。

繼續寫，斷斷續續地寫，寫到 5 月尾，時間已經無多，最後三萬字，是在個幾禮拜寫完（其間我有如常準時返工如常準時交外面的稿）。

所以好迷失。這一次，要寫兩個人，而且是倒敘地寫，用一種「由果溯因」方式，回看這對浮世男女的故事，發生在商場的故事。

在某些商場，你只是過客；但某些商場和場內的人，足以影響你一世人。

有些人有些場所的存在，我們可能從不察覺；直到某一天，才突然明白，這些人這些場所，一直 stay with me。

尤其在慵悶已變成虛無的時候。

感謝 Yuki 一直以來的鼓勵說話。

感謝 Kayla 一直以來的用心編輯。

感謝 Chloe 一直以來的美好設計。

感謝林若寧一直以來，無私的幫忙。

書名　在場人
作者　月巴氏

編輯　羅文懿
設計　studiominors

出版　P. PLUS LIMITED
香港北角英皇道 499 號北角工業大廈 20 樓
20/F., North Point Industrial Building, 499 King's Road,
North Point, Hong Kong

香港發行　香港聯合書刊物流有限公司
香港新界荃灣德士古道 220-248 號 16 樓

印刷　美雅印刷製本有限公司
香港九龍觀塘榮業街 6 號 4 樓 A 室

版次　2025 年 7 月香港第 1 版第 1 次印刷
規格　32 開（125mm × 175mm）200 面
國際書號　ISBN 978-962-04-5686-2